KB126321

범우문고 214

남원의 향기

최승범 지음

범우사

차 례

■ 최승범 론

멋과 풍류와 운치의 세계

많은 수필작품을 써오고 《반숙인간기》《여운의 낙서》《난연기》《철따라 생각히는 목소리》 등의 수필집을 낸 고하古河 최승범은 시인으로서도 널리 알려져 있다.

시집으로는《후조의 노래》《설청》《계절의 뒤란에서》《여리시 오신 당신》《이 한 점點 아쉬움을》 등이 있다.

이와 같은 넓고도 다양한 작품 활동 외에도 특히 수필의 이론 연구에도 심혈을 기울여 이미 20여년 전에 《수필 ABC》(후에 《수필문학》으로 개제)라는 저서를 펴냈고, 80년에는 박사학위 논문으로 우리나라의 수필문학을 고전에서 현대에 이르는 흐름과 수필의 연원과 변모를 깊이있게 다룬 《한국수필문학연구》라는 방대한 저서가 있다.

이러한 그동안의 최승범의 남다른 작품발표와 이론 연구활동으로 미루어 보더라도 그의 수필의 세계는 다른 누구에 비기더라도 단연 앞서가는 독보적인 존재라는 평가를 받는데 아무런 손색이 없는 것이다.

그는 수필에 대한 스스로의 소감을 80년에 출간한 네 번째 수필집 《철따라 생각히는 목소리》의 〈책머리에〉라는 글에서 다음과 같이 밝히고 있다.

> 수필隨筆은 물론 문학이다. 문학으로서도 접근해 가면 접근해 갈수록 광활하게 열려지고, 천착해 보면 천착해 볼수록 그 뿌리 또한 깊고 멀메 놀라지 않을 수 없다.
>
> 최근에 잠시 우리나라 수필의 역사적인 흐름을 더터볼 기회를 가졌다. 고려나 조선시대 선인들의 수필에 비하여 이른바 현대수필이라는 것이 얼마나 멋거리 없고 옹졸한 것인가, 민망할 정도였다.
>
> 내가 써낸 것들이라고 예외일 수는 없다. 그러면서도 수필의 묘미, 수필을 쓰고 싶은 마음은 떨쳐버릴 수가 없다.

이렇게 고전수필에 비겨 오늘날 쓰여지고 있는 수필이 멋없고 운치없음을 한탄하고 있다.

대학에서 국문학 강의를 맡고 있기 때문에 남다르게 고전에도 소상한 저자는 얼마 전에도 고전수필 가운데에서도 한글로 쓰여진 것들을 여러 전적과 문서를 섭렵하여《한국고전수필선》이라는 이름으로 해제를 붙여서 펴내기도 했다.

이와 같이 남달리 우리 수필문학의 학문적인 연구에도 정력을 기울이고 있는 고하古河 최승범이 쓴 수필작품 또한 다른 누구에게도 비길 수 없는 멋과 특색을 지니고 있다.

그의 여러 수필작품은 막연한 일상생활의 평면 묘사나 예술적인 향취를 느낄 수 없는 현학적인 것이 아니라 생활의 풍류가 철철 넘치는 정취가 가득한 글을 쓰고 있다.

짙은 향토색을 바탕에 깔고서 화초의 이야기에서부터 술과 음식에 이르는 우리의 가장 친밀감을 갖게 할 수 있는 소재를 가지고 독특한 해학까지 섞어가며 멋있는 수필작품의 진면목을 보여준다.

그가 요즈음의 수필작품이 멋없는 잡문으로 타락하고 있는 것을 〈수필의 멋〉이라는 글에서 다음과 같이 지적하고 있다.

> 요즘 서점가의 이야기를 들으면 여전히 수필집들이 움직이고 있다고 한다. 금세기 후반기에 들어서면서부터의 세계적인 현상인 것 같다. 서점가의 책들이 움직인다는 것은 그

만큼 그 방면의 책이 읽힌다는 것이요, 책이 읽힌다는 것은 또 그만한 독서 인구를 갖고 있다는 것이 되어서 우리나라의 수필문학을 위해선 기쁜 일이라 하지 않을 수 없다.

그런데 소위 오늘날 수필집들이라는 것을 놓고 보면 옛날의 것에 비하여 멋대가리가 없는 것들이 많다. 사실 어느 평론가가 말한 '활자공해' 를 느낄 수 있는 것도 적지 않다. 이건 문학계의 '수필공해' 라고 할 만하다."

사실 저자의 이와 같은 말을 기다릴 것도 없이 근래에 수많은 수필이 쓰여지고, 헤아릴 수 없을 만큼 여러 권의 수필집이 만들어져 나오지만 수필의 멋을 느낄 만한 글은 쉽사리 찾아지지 않는 형편이다.

누구나 붓을 들고 붓가는 대로 써내려가면 수필이 될 수 있을 것으로 알아차린다면 이것처럼 위험천만한 일은 없을 것 같다.

이러한 가운데에서 고하古河의 수필을 대하게 되면 수필의 진수가 무엇이라는 것을 알아차릴 수 있을 만큼 읽는 사람의 마음과 생각을 끌어 올려준다.

그의 글을 읽어 내려가면 자상한 마음씨와 지난날의 우리 선비의 풍류를 방불케 하는 멋과 운치를 쉽사리 느낄 수 있게 한다.

또 해학과 풍자도 아울러 갖추어 글의 재미까지를 느

끼게 해준다.

풍류문객으로서 고하古河는 갖출 것을 갖추고 수필의 정도正道를 걸어오고 있는 드문 존재라고 할 수 있다.

그와는 벌써 20여년을 사귀어오고 있는 필자이지만 그 선비다운 글과 행적에는 언제나 경의를 품고 있는 것이다.

또 이 글에 해당 안 될 이야기일는지는 모르지만 수년 전 그의 세 번째 수필집 《난연기》의 서평을 필자가 어느 지면에 쓰면서 거기에 수록돼 있던 〈술이야기〉(이 책에서는 〈주중수칙〉으로 게제)를 약간 장난기가 동해 고하古河를 열등주객劣等酒客이라고 꼬집었더니 당장 거기에 대한 응수를 어느 잡지 수필란에 〈열등주객劣等酒客〉이라는 제목으로 쓴 일이 있었다.

그것을 다음에 옮겨 본다.

마주앉아 술잔을 나누면 산에는 꽃이 피네/권커니 잣커니 한 잔 한 잔 또 한잔(兩人對酌山花開 一盃 一盃復 一盃)."

술을 마시는데 철이 있으랴. 꽃철의 '꽃 꺾어 산算 놓고 무진무진 먹새 근여' 도 좋지마는 수풀과 골짜기가 아름다운 푸르름철의 산수간에 취옹醉翁을 생각하며 몇 잔 술을 기울여도 가슴 활연하여지는 멋을 느낄 수 있어 좋다.

두세 벗과 더불어 해질녘의 푸르른 산책길을 거닐다 몇

잔의 석양배夕陽盃에 거나한 기분으로 돌아왔는데, 서울 대인형大人兄으로부터의 글발이 나를 기다리고 있는 것이 아닌가.

반갑다, 읽어내려가는데, 이 친구 나를 두고

— '주객으로 꼽을 수는 없다.'

— '그의 주중수칙酒中守則이라는 것은 너무나 근엄을 내세운 자기류의 주법酒法이라고 밖에 할 수 없다.'

— '이것은 모범주객(어떻게 생각하면 열등주객劣等酒客이라고 할 수 있다)이라고나 해야 할는지 모르겠다.'

고 콩콩 해대고 있는 것이었다. 이 대인형의 주관酒觀인즉, 술이란 풍류와 함께 호연지기를 기르는 매개의 구실을 하는 물건인데, 이것을 마치 어떠한 위험물 다루듯이 조심스럽게만 생각한다면 사람이 술에 놀아나는 꼴이 되지나 않을까 하는 것이다.

(중략中略) 옳거니. 대인형의 혜안慧眼이여. 나는 역시 열등주객일 수도 있겠다. 그러나 오늘 따라 술에 취해 보고 싶다. 나이도 잊고, 나의 '주중수칙' 도 저만큼 밀쳐 두고, 대인형을 맞아 한바탕 취해 보고 싶을 뿐이다.

대객待客에도 술이래지만,

— '선웃음 참노라 하니 자채기가 코에 새여/반교태半嬌態하다가 찬滿사랑 잃을세라/단 술이 못내 권 전에는(다 괴기 전에는) 연대마음(딴 마음) 말자.'

송강의 술노래나 읊으며 기다렸다, 대인형과 나는 만나는 날 한번 겨뤄보리라.

이 또한 열등주객의 치기稚氣랄지 몰라도, 지금 큰 소리치는 대인형도 이제 곧 나의 '주중수칙'을 따르지 않고는 못배기리.

이 글에서도 헤아릴 수 있듯이 그의 글은 멋이 있으면서도 재치가 철철 넘쳐 흐르고 또 남이 따를 수 없는 박식한 구석을 보이면서도 그것이 현학衒學의 느낌을 주지 않는다.

여기에서 구구하게 그의 수필을 가지고 사설을 늘어놓는 것은 차라리 아무 쓸모없는 군더더기의 말 밖에는 안 될 것이다.

우선 그의 수필을 읽고 볼 일이다. 그러면 그것이 나의 과찬이 아님을 쉽게 알 수 있을 것이다.

우리 수필의 무게를 크게 끌어올리고 있는 그의 앞으로의 건필이 더욱 우리 수필문학의 세계를 풍요하게 해 주었으면 싶은 생각 간절할 뿐이다.

신동한 (문학평론가)

매화기梅花記

서예書藝를 닦고 있는 박군이 액자 한 점을 보내 왔다. 예서체隷書體의 설중매雪中梅 세 글자였다. 글씨도 마음에 들었거니와, 내가 좋아하는 눈과 매화를 넣은 〈설중매雪中梅〉의 문자를 골라 준 박군의 뜻이 고마워, 바로 내 어설픈 서실의 윗목 벽에 옆으로 걸었다. 방안의 운치를 한결 돋우어 주는 것 같다.

이 글씨에 앞서 받은 벽하碧河 송계일宋桂一 화백의 홍매紅梅가 있다. 이는 지금 내 안방을 가꾸어 주고 있다. 이 홍매 또한 아주 수월스럽게 내 집에 들어왔다.

지난 정초의 어느 날, 서화書畵를 좋아하고 또 열심히 공부하고 계시는 H은행의 지점장 석파石波 선생의 집무실에서였다. 마침 벽하 화백과 자리를 같이하게 되었다.

석파 선생이 화선지를 내어 놓자 벽하 화백은 담배

한 가치를 피워 물곤, 먹과 물감을 갈다 붓을 빨다 하더니만 이내 쓱쓱 붓을 놀리기 시작하였다. 먹의 농담濃淡으로 낡은 등걸과 여린 가지를 살려 지면紙面의 구도를 잡아놓곤, 여린 가지마다에 다섯 점의 분홍 물감을 찍어 홍매紅梅의 꽃송이를 피워 놓는다.

때 맞추어 창 밖엔 하얀 눈송이가 흩날리고 있는데 서상書床 위에 펼쳐진 화선지의 홍매는 '춘설이 난분분하니 필동말동하여라' 가 아니다. 신묘하리만치 팍팍 벙글어 피는 것이었다. 이윽고 온 지면은 활짝 벙글은 홍매로 밝아졌고 암향暗香 또한 굼닐어 오는 듯한 느낌이었다.

화제는 석파 선생이 쓰셨다.

梅花落處疑殘雪 柳葉開時任好風 癸丑新春 碧河畵伯寫 石波題

이리하여 석파 선생의 쌍낙관이 찍힌 홍매는 표구사를 거쳐 내 집 안방으로 옮아오게 된 것이다.

〈설중매雪中梅〉의 글씨나 홍매의 그림이 걸린, 그 아랫 창문을 열면 손뼘만한 화단에 두 그루의 매화나무가 서 있다.

3년 전의 일이다. 교직에서 물러나신 지은枳隱 선생이 댁의 뜰에 있던 걸 손수 옮겨 주신 것이다. 그 후 두 번이나 꽃철을 즐긴 홍매다.

꽃철이면 이 한 그루 홍매로 하여 내 집 뜰안은 화사롭기 그지없었다. 가끔 들러 보살펴 주시는 지은 선생의 손결을 입어 나무 자체도 썩 볼품있게 자라 있다. 지금은 여린 가지마다에 수수알만한 꽃망울들이 오밀조밀하게 붙어 있어 아침 저녁 바랄 때마다 입김을 보내고 싶은 충동이 일곤 한다.

지난 경칩이 가까운 어느 날의 이른 아침이었다. 지은 선생의 다정한 목소리에 방문을 열자, 꽤 큰 매화 나무 한 그루를 꽃밭 한 켠에 놓고 심을 자리를 살피고 계신다.

"홍매紅梅가 있으니 청매靑梅도 있어야지……."

다시 청매 한 그루를 손수 캐어 들고 오신 것이다. 올 꽃철은 실기失期를 하더라도 내년엔 좋은 꽃을 볼 수 있으리라며, 홍매와 마주 볼 수 있는 곳에 꼼꼼히 심어 주셨다.

가람 스승이 양사재養士齋에 계실 때 분재盆栽로 가꾸신 청매靑梅의 생각이 굼닐어 온다. 담당담상 영롱한 꽃봉이 벙글면 이를 바라 즐기시던 스승의 모습도 갈아든다. 벗들과 후학들을 청하시어, 그 매화 향기가 드리운 방안에서 술상을 내어 주시곤 하였다. 그날 아침 지으셨던 시조도 곧잘 읊어 주시고…….

서울 계동의 매화옥 주인梅花屋主人이실 무렵의 일은 잘 알 수 없지만,《가람 문선文選》에 수록된 〈청매靑梅〉란 시조時調는 이 양사재養士齋에 계실 때 지으신 것이었다.

이 무렵부터 나는 난초와 더불어 매화에 애착이 붙었고, 한 간 백옥白屋이라도 마련하면 나도 난초 몇 분과 매화나무를 꼭 가꾸어 보리라 마음먹었던 것이다.

연전 강암剛菴 선생이 나누어 주신 홍도紅島의 풍란風蘭은 끝내 죽이고 말았지만, 지금은 내장산內藏山에서 옮겨 온 춘란春蘭 한 분盆에 정성을 쏟고 있다. 여기에 지은 선생의 덕택으로 청·홍매靑紅梅를 모두 갖추게 되었으니, 흐뭇한 마음이지 않을 수 없다.

아무튼 이제 나는 내 집의 울안과 방안에서 언제나 내가 좋아하는 매화를 대할 수 있게 되었다.

매화시첩梅花詩帖을 보면 퇴계退溪 이황李滉 선생도 무척이나 매화를 좋아하신 것 같다. 겨울철 눈 내리는 밤이면 매화등梅花燈에 불을 밝히시고 방안에 어린 매화꽃 화판花瓣의 무늬를 즐기셨다는 이야기는 유명하다.

매화등을 목격한 바는 없지만, 고로古老들의 이야기를 들으면 화로火爐 형용의 것에 정교한 솜씨로 매화꽃잎 모양의 많은 구멍을 내어 놓은 것이라고 한다. 이 등 안에 불을 켜 놓으면 매화꽃잎 모양의 구멍으로 새어나온

불빛이 온 방 안의 벽면壁面 마다에 매화꽃잎을 수놓게 된다는 것이다.

추울 때 화로를 안 듯이 매화등梅花燈을 안고 양 손으로 매화꽃 화판花瓣 구멍을 막았다 텄다 함으로써 벽면에 무늬 짓는 매화꽃잎의 수를 조정할 수도 있고 어쩌면 암향부동暗香浮動의 느낌에도 젖을 수 있으려니 싶다.

퇴계退溪 선생의 〈우음偶吟〉이란 절귀에 보이는 매설옹로간梅雪擁爐看도 이 매화등의 이미지를 살리신 것이나 아닐까.

有梅無雪不精神 有雪無詩俗了人
日暮詩成天又雪 與梅幷作十分春

방악方岳의 〈설매雪梅〉마따나, 이제 나는 사철을 두고 내 집에서 설중매雪中梅와 청·홍매를 대할 수 있거니, 이들과 더불어 때묻지 않은 맑은 정을 나누며 항시 정갈하고 기품있는 시작詩作이나 꾀하리라.

남원南原의 향기香氣

저 뻗어내린 노령蘆嶺의 푸르른 산줄길 따라 가게나. 따라가다 우뚝 솟아 오른 전라도 지리산智異山을 지낼 양이면 섬진강 蟾津江 굽이 굽이 돌아가는 남원 땅 광한루廣寒樓 · 오작교烏鵲橋도 들리게나. 청사초롱에 불밝혀 일월日月을 두고 맹세하던 아기자기한 춘향이의 사연이사 오작교 아랠 흘러가는 은하銀河 푸른 물에 실려 줄기줄기 묻어오리…….

신석정辛夕汀 시인이 읊은 〈전라도全羅道 찬가讚歌〉의 일절이다. 전라도에의 여행길이라면 누구나가 들르고 싶어하는 곳이 내 고향 남원이다.

남원은 첫째 우리의 옛 소설 《춘향전春香傳》의 배경으로 유명하다. 그만치 〈춘향골〉로도 불리운다. 광한루·오작교를 비롯하여 이도령고개 · 춘향이고개 · 춘향이 버선밭 · 오리정五里亭 · 춘향이 눈물방죽 등 《춘향전》이

후 소설과 인연지워진 명소도 많다.

누구나 광한루에 오르고 보면 눈앞에 펼쳐지는 아름다운 경치에 치렁한 시정과 낭만을 느끼지 않고는 배길 수 없으리라.

이름난 남녘땅의 이 광한루, 6월에 올랐건만 뼈속까지 시리다. 여기 광한루가 바로 청허부淸虛府거늘, 어찌타 사람들은 달나라에서만 구하려는가.

예로부터 이곳 풍광을 읊은 시가詩歌는 실로 한우충동汗牛充棟이고도 남음이 있을 것이다. 철따라 어느제 올라보아도 새로운 정이 솟고 한 폭 그림처럼 아름답기만 하다. 눈앞에 벌려진 봉래蓬萊 · 방장方丈 · 영주瀛洲 · 삼신산三神山을 쌓아놓은 축산築山도 축산이려니와 양편에 둘러선 교룡산성蛟龍山城과 금암錦岩 · 덕음德蔭 · 광암廣岩의 봉우리들이 광한루 경내 경치와 잘도 맞아 어울린다. 섬진강 상류 푸른 물줄기의 요천을 끼고 기름진 넓은 들이 남으로 백리나 뻗혀 있어 남원이라는 칭호를 얻었다고 한다.

실로 남원은 산업 · 군사 · 예술 · 문화 등 여러 가지 면에서 호남제일성湖南第一城이요 인후지기咽喉之地이기도 하다. 여기 십수대에 걸쳐 살아온 후예로 내가 태어났음을 나는 언제나 흐뭇하게 생각하고 자랑하지 않을 수 없다.

한편 때로는 남원의 옛 역사에서 숙연하여짐을 금하지 못할 때도 있다. 황령치黃嶺峙와 정 장군鄭將軍의 이야기는 아슴한 전설로 돌린다 해도 고려 말엽 침략하여 온 왜구倭寇를 운봉雲峰의 황산荒山에서 박살을 내고 승전고를 드높이 울린 이성계李成桂 장군의 통쾌한 이야기는 어린 철 잔뼈를 굵혀 준 자장가이기도 했다.

반면에 임진왜란 7년年 전쟁 중 특히 정유년丁酉年에 군 · 관 · 민, 1만여 명의 목숨과 함께 떨어진 남원성南原城의 참혹한 이야기엔 언제나 옷깃을 여미지 않을 수 없다. 이 날을 뚱두렷이 증언하여 온 만인의총萬人義塚과 더불어 이 고장 사람들의 비분강개는 날로 새롭기만 하다. 오늘, 이 둘레의 성역화 사업이 추진되고 있거니와 앞으로도 만인의총은 이 고장 사람들의 핏줄마다에 역사와 더불어 끝없는 나라 위한 충의 사상을 도도히 굽이쳐 흐르게 하여 줄 것이다.

그러기에 내 고향 남원은 예로부터 선비의 고장이기도 했다. 나라의 일이 있을 땐 목숨을 바쳐 충성을 다했고 그러면서도 벼슬길에 보다는 고향산천에 정을 안고 살아온 이 고장의 옛 선인들이었다. 언제나 부정과 불의에는 대쪽과 같은 성품으로 굽힘이 없었던 선비 기질은 오늘날도 내 고향 사람들의 강점으로 이어지고 있다.

남원향교南原鄕校는 그 오랜 역사와 규모로 전라도에서는 전주향교全州鄕校와 더불어 대표적인 것이다. 이곳에서 많은 선비들이 양성되었고 이 선비들의 일상 조신日常操身이 이 고장 사람들에게 선비 기질을 수놓게 되었으리라는 것이다.

남자들의 선비 기질 못지않게 내 고향 여인들의 가슴마다엔 정절의 꽃이 피기도 했다. 사실 이 고장 여인들의 열사상烈思想의 연원을 멀리 거슬러 올라가 생각하지 않을 수 없다. 백제시대 노래로 읊어졌다는 지리산녀智異山女의 정조관貞操觀을 그 후에도 줄곧 이 고장 여성들은 귀감으로 삼아 왔다면 어떨까. 만고 열녀 성춘향의 이야기가 이 고장 남원을 배경으로 한 소설이 되었다는 것도 나는 결코 우연한 사실만으로 받아들이고 싶지 않다.

유몽인柳夢寅이 쓴《홍도전紅桃傳》의 홍도紅桃 또한 남원 여인으로 춘향이 못지않게 그의 남편 하욱河煜 간에 주고 받은 사랑시 또한《춘향전春香傳》의 사랑가에 못지 않음을 볼 수 있다.

> 정작 만나보니 달나라의 선녀구려. 전생 인연으로 정녕 이 밤 이뤄진 것을, 속세의 중매란 분분할 뿐, 우린 바로 천정의 배필일세." 첫날밤 신랑 하욱이 읊자, 신부인 김씨도 시

로써 대답했다. "동갑 나이 열 여덟의 선랑仙郎과 선녀仙女, 한 날 한 시 한 마을 나서 화촉의 인연을 맺았압거늘, 어찌다 이 밤 기쁨이 한낱 우연이리오.

남원의 여인들이 정에 불붙고 열烈로 매운 것은 오늘날도 매한가지다.

해마다 4월 초파일에 개최되는 춘향제春香祭는 이 고장 여인들의 열의 사상을 더욱 도타웁게 가꾸어 주고 있다. 춘향제는 광한루 동편에 자리한 열녀춘향사烈女春香祠에서 춘향의 초상화 앞에 아침 일찍 제를 올리는 일로부터 시작하여 수십종의 행사를 벌이게 된다. 추천놀이도 그 행사의 하나이지만, 춘향제의 크라이막스는 아무래도 춘향가의 판소리극과 춘향뽑기를 치지 않을 수 없다.

찾아든 인파의 손님들은 남원의 음식 솜씨에도 입맛이 돋는다고들 말한다. 광한루 경내의 '월매집' 술맛도 술맛이려니와, 미나리를 비롯한 산채의 온갖 나물무침은 다른 지방에서 맛볼 수 없는 감미甘味와 향미香味가 돋는 특미라고들 야단이다. 내 고장 여인들의 찰찰한 솜씨 또한 자랑스러운 것이지만, 이 맛과 더불어 멋을 또한 자랑하지 않을 수 없다.

이 고장의 멋이라면 국악의 음률을 꼽아야 할 것이

다. 국악에서도 판소리는 단연 이 고장에 예로부터 으뜸이다. 우리 최초의 판소리 왕 송흥록宋興祿은 이곳 운봉 출신이었다. 그의 아우 송광록宋光祿도 명창이었거니와 송우룡宋雨龍 · 송만갑宋萬甲이 모두 그의 집안에서 대를 이은 국창國唱이었다. 근래의 이화중선李花中仙과 유성준劉成俊, 그리고 당대의 인간문화재 박초월朴初月이 모두 이 고장 출신으로 우리의 판소리계에 기라성을 이루었고, 오늘날도 남원국악원은 우수한 원생들로 활발한 움직임을 보이고 있다.

내 고향 남원의 자랑이 어찌 이것만일 수 있으랴. 춘향이 옥에서 나와 어사또로 뚜렷이 앉아 있는 낭군 이 도령을 확인하고, 반웃음 반울음으로 불렀다는 노래귀절이 떠오른다. "얼시구나 좋을시고 어사낭군御使郎君 좋을시고, 남원 읍내 추절秋節들어 떨어지게 되었더니, 객사客舍에 봄이 들어 이화춘풍梨花春風 날 살린다. 꿈이냐 생시냐 꿈을 깰까 염려로다."

지금 남원은 옥에서 풀려나와 어사낭군을 만난 춘향만치나 기쁨과 희망에 한껏 부풀어 있다. 국립공원 제1호인 지리산을 바로 옆에 끼고 천연의 또 오랜 역사의 향기어린 숱한 관광자원의 새로운 개발을 서두르고 있기 때문이다.

광한루가 중심에 놓인 남원읍을 기점으로 운봉의 황

산대첩비荒山大捷碑 → 한호韓濠 → 면양목장 → 보물이 많기로 유명한 산내山內의 실상사實相寺 → 웅성깊은 골짜구니, 층암절벽 폭포수, 방울졌다 넌출지는 벽계수碧溪水의 뱀사골 → 주천朱川의 구룡폭포九龍瀑布 · 용담사龍潭寺로 하여 다시 남원읍으로 되돌아 드는 번듯한 포장길의 꿈만 트이게 되면 내 고향 남원은 또 하나의 새로운 신화로 앞날의 역사를 수놓게 되리라.

그 빛 눈부신 앞날을 빌어본다.

백매白梅 · 홍매紅梅

매화꽃을 싫어하는 사람이 있을까. 동지절冬至節 창 밖의 산하는 온통 흰 눈이 덮여 있는데 방안의 분매盆梅가 벙글 웃었다고 하자.

철을 종잡을 수 없이 온실재배의 갖가지 꽃들이 아무리 판을 치는 세상이라고 해도, 이 분에 핀 조매早梅를 당해낼 순 없을 것이다.

일찍이 《매보梅譜》를 쓴 범석호范石湖도 말하지 않았든가. — "매화는 천하에 으뜸가는 꽃이라고."

나이가 들면서 나도 차츰 꽃에 가는 애정을 느끼게 된다. 이미 몇 분의 난蘭을 머리맡에 갖게도 되었고, 손뼘만한 뜰에 옹기종기 심어놓은 꽃나무들에도 눈길이 갈 때가 많아졌다.

아직 분매엔 손을 대지 못하고 있지만, 좁은 뜰에 두 그루의 매화를 가꾸며 바라온지도 수삼년이 된다. 한 그루는 백매요, 또 한 그루는 홍매다. 용케도 백매는 외겹꽃이요, 홍매는 겹꽃이다.

紅梅不如白梅

千葉不如單葉

전해 내려오는 이런 말을 들어서가 아니라, 수년 동안 이 두 그루에 피는 꽃송이들을 바라보면서 이런 걸 실감할 수 있었다.

홍매의 겹꽃은 풍성한 꽃봉오리가 보기엔 아름다워도 백매의 외겹꽃이 풍기는 기품氣品같은 것을 맛볼 수는 없었다.

강희안姜希顔의 《양화소록養花小錄》에 보면, ―'영남이나 호남지방에서 심는 것은 다 단엽 백매로 열매가 많지 않으나 맑은 향기는 다른 매화에 비하여 별로 부족함이 없다'― 하였는데, 내 집 뜰의 백매 또한 이러한 단엽백매의 겨레붙이로 생각하여 좋을 것 같다. 가벼운 바람에도 살풋, 꽃잎이 떨리며 은은히 풍기는 맑은 향기로 보아 그렇다. 홍매의 겹꽃으로는 어림도 없는 일이다.

흔히들 매화의 운승격고韻勝格高를 말하는데, 그 운치가 있고 격이 높다는 것도 홍매보다는 백매를 두고 이름이 아닌가 싶다. 안민영安玟英의 〈매화사梅畵詞〉에 보이는 다음 시조도 이러한 백매가 아닐런가.

어리고 성긴 가지 너를 믿지 아녔더니
눈 기약期約 능히 지켜 두세 송이 피었구나
촉燭 잡고 가까이 사랑할 제 암향暗香조차 부동터라.

해마다 내 집 뜰의 매화철이면 되읊어지곤 하는 시조다. 그만치 백매하면 이 시조가 생각나고, 이 시조를 읊을 때면 내집 뜰의 백매가 그림자처럼 따른다.

올해도 입춘날 텔레비전은 제주도의 꽃 소식을 전하면서 서귀포 언저리에 활짝 피어 바다 푸른 바람에 흔들리고 있는 흰 매화꽃을 담아 보여 주었다.

나는 문득 내 집 뜰의 매화나무에 생각이 미쳤고, 다음날 아침 뜰을 거닐다 두 그루의 매화나무에 눈을 주었다. 홍매보다는 백매의 꽃봉오리가 약간 더 부풀어 있었다. 그러나 꽃철을 다가안기엔 아직도 먼 것이었다.

용케도 엄한 삼동을 견디어 낸 여린 실가지에 다문다문 맺혀있는 꽃봉오리들을 바라보자 안쓰러운 생각이 일었다. 지난 가을 분에 올렸으면, 꽃도 일찍 보고 한고寒苦도 좀은 덜어주어 좋았을 걸 싶었다.

해마다 보면, 홍매보다도 백매가 일찍 피었다. 올해

엔 이 백매의 꽃철을 보고, 그 열매의 신맛도 보고, 가을이 오면 서둘러 분에 올리리라. 분은 사기분보다도 질그릇이 좋다는 분매가盆梅家들의 이야기거니, 이만한 백매를 올릴 수 있는 크막한 질그릇분부터 이 봄엔 미리 하나 장만해 두어야겠다.

이러한 생각에 한 가지 마음 걸리는 것은 나같은 속객俗客이 매화의 성결에 맞을까 하는 것이다. 들어온 바, 매화의 성결은 그 주인이 운치로운 멋을 알고, 찾아온 손님들도 시詩를 잘 하고, 때로는 거문고의 맑은 가락과 돌바둑판에 놓이는 바둑알의 소리를 즐긴다고 하는데, 내 아직 이러한 멋을 지니지 못했기 때문이다.

그러나 예로부터 매화는, '꽃이 벙글면 향기가 사람에게 끼친다(花開香氣襲人)' 했으니, 나도 머리맡에 매화분을 가꿈으로해서 매향梅香에 젖으며 속기를 털고 조촐한 기품을 닦아 매화의 성결에 알맞은 삶을 누리고 싶을 뿐이다.

뜰의 홍매도 내 마음씨를 훈훈하고 밝게 가꾸는 데 본이 되리니, 그대로 가꾸고 기르며 봄의 한 철을 바라보고 싶다.

여인이 아름다울 때

여기 여인은 한 가정의 주부를 생각하는 것이 좋겠다. 이 글에 눈을 멈추었다가 혹 멋 없는 한 남성의 자기 중심적인 케케한 관점觀點이다 싶으면 바로 눈길을 옮겨 주어도 좋다. 나는 나에게 주어진 지면을 그저 성의 있게 주워 담아볼 생각이다.

새벽 일찍 일어나 식구들의 잠이 깰랴 조용조용 부엌일을 보는 여인이 아름답다. 나직한 목소리로, 학교에 늦을세라, 아이를 일깨우는 여인이 아름답다. 간소한 밥상머리에서나마 둘러앉은 식구들의 수저 · 저붐에 찬을 앙그러지게 할 때 여인은 아름답다. 학교에 가는 두 아이의 옷매무시를 찬찬히 보아주는 여인이 아름답다.

거울 앞에 홀로 앉아, 미장원의 유행과는 아랑곳 없는 칠칠이 윤나는 머리칼을 매만질 때, 여인은 아름답다. 따뜻한 햇살 속 두셋 난분蘭盆을 내어놓고, 그 싱싱히 빼어난 잎새들에 봄비처럼 몽글게 물을 내려주는 여인은 아름답다. 발簾 넘어 화문석을 깔고 앉아 한 손에 태극선 자루를 쥐고 책을 읽는 여인은 아름답다. 한 쪽 세운 무릎 위에 태지苔紙 두루마리를 드리우고 붓으로 편지를 쓰는 여인은 아름답다.

스스럼없는 친구와의 방안 이야기에도 그 웃음소리 쇠가 윗목 창문에쯤 왔다가 되울려 갈 때, 여인은 아름답다. 우편배달부의 발걸음을 고마워하고 담배 한 대라도 권해 주는 여인은 아름답다. 찾아 든 황화荒貨 장수의 물건값을 야박하게 깎지 않는 여인은 아름답다. 주인과 이야기하고 있는 방안을 두어 번 헛기침으로 달빛처럼 들어와 정갈한 술상을 놓을 때, 여인은 아름답다. 청주 한 홉쯤의 주량으로 주도酒道에 밝은 여인은 더욱 아름답다.

한켠의 잘못을 어머니처럼 너그럽게 매만져주는 여인은 아름답다. 내외간의 파란波蘭이란 칼로 물 베기라 돌아서며 풀리는 여인은 아름답다. 여권신장론을 웅변 아닌 반웃음 · 반교태半嬌態로 말할 때 여인은 아름답다. 월급봉투의 공제액을 따지지 않고 언제나 대견하게 받아 안는 여인은 아름답다. 계모임을 갖되 차례가 돌아와 타는 몫돈이 5만원 이하의 것일 때, 그 여인은 아름답다. 이웃 간에 돈을 빌려 주고 이자를 챙기는 여인을 멀리하는 여인은 아름답다.

양장洋裝보다는 고전古典에 애착을 보일 때, 여인은 아름답다. 주인의 방안옷을 가름해 주며, 옷품과 칫수의 맞고 안맞음을 웃음으로 말하여 주는 여인은 아름답다. 계절의 미각을 담은 시장바구니를 손에 든 여인은 아름답다.

발 앞에 놓인 책을 조용히 집어 비껴 놓고 사뿐히 내어 미는 발을 보일 때, 여인은 아름답다. 저녁 후, 남매의 공부 시간을 뜨개질로 보내면서, 이따금 남매가 묻는 말에 번갈아 대답하는 목소리가 상글거릴 때, 여인은 아름답다.

밤 자리를 깔 때, 물걸레로 방을 훔치지 않는 여인은 아름답다. 잠자리에선 창부도 예술로 어루만지는 아량을 보일 때, 여인은 아름답다.

주워 담자면, 여인이 아름다울 때란 하늘의 별만치 많을 것이다.

가람댁 토주

서울에서 학생지도 관계 세미나에 참석코자 상경하는 길에 우연히도 차 안에서 경희京熙 형을 만났다. 경희 형은 나의 스승이시던 가람 이병기李秉岐 박사의 둘째 아드님으로서 군산화력발전소 부소장의 직책을 맡아, 임지에서의 인사를 마치고 이제 이삿짐을 챙기려 상경하는 길이라고 하였다.

우리는 식당차로 옮아 앉아 맥주 두어 병을 놓고 오늘의 집안 이야기며 스승의 생전 이야기로 먼 거리의 여행을 좁혔다. 경희 형은 술잔을 들고 이야기하는 품이며 어투가 많이는 스승을 닮았다.

스승도 그러셨지마는 경희 형이나 나도 맥주보다는 우리의 술에 더 술맛을 느끼는 편이어서 이 날도 맥주는 이야기하는 우리들의 목을 간간 적시느라 들었을 뿐이었다.

이따금 술자리에 나앉으면 가까이 모시던 철의 스승의 모습이 불현듯 굽일어 오곤 한다. 요정이나 선술집이나 댁의 서재이거나 그 주석에 관계없이 언제나 소탈하신 채로 앉으셔서 연신 술잔을 비우시며 담론을 풍발하시던 스승의 모습…… 그러나 이제 꿈길에서나 뵈올 수 있을 뿐이니 애통한 마음 날과 달이 가도 금할 길 없다.

스승은 워낙 평생을 애주하신 어른이었다. '백약지장百藥之長' 이요 '가회지호嘉會之好' 로 술을 즐기셨고, 책신策身과 양노養老 · 양병養病에도 술은 없어서는 안될 것으로 사랑하셨다. 만인이 다 스승의 병세에 술은 해롭다고 하는데도, 스승은 막무가내하로 그 술잔을 놓지 않으셨다.

운명하신 그 날에도 됫술을 드셨다고 하거니와, 와병臥病하신 중에도 내내 매일과 같이 한 차례에 두 홉씩의 술을 다섯 차례에 걸쳐 자셔 왔다고 한다.

찾아뵈온 어느 날인가는 술이 좀 과하신 듯하여 그만 드실 것을 말씀 올리자 어둔하신 말씀으로도 "아, 내 병은 술관 관계없대도"를 몇 번이나 되풀이 하시는 것이었다.

전북대 문리대학장으로 계시던 때에 뵈오며는 언제나 진지의 양보다도 반주의 양이 많으셨고, 진지를 권

하면 "술도 밥 아닌가, 영양가야 밥보다 술이 낫지"하시었다.

이 무렵 스승은 '주무량酒無量 불급난不及亂' 이셨고, 그러면서도 술자리나 술의 청 · 탁을 가리지 않으셨다. 예로부터 '주청자위성인酒淸者爲聖人이요 탁자위현인濁者爲賢人' 이라고 하였는데 실로 스승은 술에서뿐 아니라 모든 면에의 성품 쓰심에도 성聖과 현賢을 겸하신 어른이었다.

스승은 색다른 술이 댁에 있거나 들어오게 되면 친구분들과 제자들을 곧잘 부르셨다. 가꾸시는 매화 · 난초의 꽃이 피어 맑은 향기를 토하거나 울안에 묻은 노깡土管의 백련白蓮이 한 송이 벙글 때에도 으레 친구와 제자를 불러 술상을 내어놓으시고 같이 보며 즐기시었다.

노깡 화분에다
백련을 심었더니
중추仲秋 초하룻날
두어 송이 피어 났다.
그 향을 함께 맡으러
벗을 오라 하였다.

스승 댁에서 받는 술상은 언제나 그철 그철의 미각을

살찌게 하는 조촐한 것이었다. 술도 여러 가지 ― 세속적인 약주 · 청주(정종) · 막걸리 · 소주도 더러는 내 놓으셨지만, 많이는 이것들에 가미를 하거나 가양주로 빚으신 두견주杜鵑酒 · 송순주松荀酒 · 연엽주蓮葉酒 · 죽순주竹筍酒 · 국화주菊花酒 · 더덕술을 때로는 권하여 주시었다.

특히 두견주는 스승 댁의 자랑이었고 나의 입맛에도 쩍 들어붙는 술이었다. 뿐만 아니라, 밖에서 마신 술에 비위가 상했을 때에도 이 두견주 몇 잔을 받고 나면 포옥 삭아 갈아앉곤 하였다. 두견주는 진달래의 꽃잎이나 뿌리로도 빚을 수 있다지만 스승 댁의 것은 뿌리의 것으로도 사모님의 정성이 곁들인 것이었다.

위의 몇 가지 술 중에서도 가장 풍류롭긴 연엽주蓮葉酒다. 《규합총서閨閤叢書》에 보면

ᄀᆞ을 셔리젼에(날이 더우면 ᄉᆡ기 쉬온니라) 빨ᄒᆞᆫ 말을 박셰ᄒᆞ야 담가, 밤을 ᄌᆡ아찌고 죠ᄒᆞᆫ 물 두 병을 식혀 밥과 물이 어름같이 ᄎᆞ거든 ᄒᆞᆫᄃᆡ 셕고 성년엽을 독속에 편 후에 밥을 그 우의 너코 국말 칠홉을 가지고 밥우희 ᄒᆞᆫ겹을 펴고 다시 년엽을 펴고 우희 밥을 너코 누록을 펴되, 펴기를 설기떡 안치ᄃᆞᆺᄒᆞ야 ᄃᆞᆫᄃᆞᆫ이 봉ᄒᆞᆫ야 양긔 업ᄂᆞᆫᄎᆞᆫᄃᆡ 두어 닉히되, 일졀 날물을 드리지 아니허면 양긔가 비ᄉᆞᆼᄒᆞ야 오ᄅᆡ 두어도 상치 아니ᄒᆞ니 ᄉᆞᆯ을 다 뜬 후 다른 죠ᄒᆞᆫ ᄉᆞᆯ을 부어도 향긔가

의구ᄒᆞ니라.

고 그 양조 과정을 밝혀 놓고 있다.

그러나 스승의 향리이신 여산廬山의 진사동眞絲洞에서 어느 해의 초가을철엔가 내어주신 연엽주는 이와는 다른 급조의 것이었다. 대대로 세거하여 오신 수우재守愚齋 뜰 옆엔 조그마한 백련白蓮의 못이 있다. 이 연당蓮塘의 큰 연잎에 술밥과 누룩가루를 섞어 싸서 그 연잎봉지가 기울지 않도록 받침대로 받쳐 하룻볕을 쪼이면 거기서 바로 술이 괴이게 된다. 이것을 삼베보자기로 짠 막걸리였다. 이 연엽주를 생각하면 지금도 그 향기가 코앞을 일렁여 오는 것 같다.

진사동 댁에서 마신 술로는 또 죽순주를 잊을 수 없다. 이는 도수 높은 소주에다가 수우제 뒤우란의 연한 죽순을 꺾어 담구어 놓은 것이었다. 그 연푸른 녹두빛 깔의 술 향기를 어느 다른 술에서 느낄 수 있으랴.

전주 양사재養士齋에 계실 때의 어느 해 겨울이던가, 더덕술이라고 내어 주시는 술은 그 술맛보다도 속인俗人인 나에겐 상수리묵이 더 입맛을 당기게 했다. 이는 양사재의 뒷켠 오목대梧木臺에서 울안으로 절로 떨어져 둥글어온 상수리를 사모님이 아침마다 주어 모아 손수 만드신 것이라 하셨다.

국화주도 어느 해의 봄철, 이곳에서 스승의 권으로 난생 처음 마셔본 술의 일종이다.

한 분盆 수선은
농주瓏珠를 지고 있다
여러 난蘭과 혜蕙는
잎새만 펴런데
호올로 병을 기울여
국화주를 마셨다.

그 독특하신 웃음으로 '주계하조파酒戒何曹破 · 시마선기강詩魔先己降' 을 말씀하시며, 또 그날 지으셨다는 이 시조 한 수를 읊어 주시며, 국화주의 잔을 자꾸만 권하시는 스승의 모습은 눈앞에 선한데, 어느덧 유명을 달리하신지 오삭여五朔餘가 지났으니 이제 스승의 그 주중취담酒中醉談을 어디가 들으리…….

며늘아기에게

너를 우리 집 큰며느리로 맞이하게 된 것을 기쁘게 생각한다.

혼례식장에서 처음으로 네 모습을 보았고, 이른바 현구고례見舅姑禮의 자리에서야 네 얼굴을 찬찬히 바라볼 수 있었다. 그 동안 혼담이 익어 사주를 보내어 택일이 오고 하는데도 시아비로서는 너를 불러 선을 본 일이 없기 때문이다. 혼사에 관해서도 내 의견을 말한 적이 없었으니, 어쩌면 너는 무심한 시아비로 느끼고 있을지도 모르겠다. 그러나 이건 너에 대한 엇생각이나 무심해서가 아니다.

큰애나 너나 서로 보아 처음부터 좋다 한다 하고, 네 시모될 사람으로서도 너를 선보고 웬만큼 마음에 들더라는 이야기여서, 나로서도 너희들 혼사를 이의 없이 따르기로 한 것이다.

이제 너를 바로 대해 보니 내 눈에도 차고 집안 어른들 안목에도 들어하시니, 우선 기쁘기 한량없다.

그 동안 정들었던 네 친정, 귀여웁게 너를 길러주신 어버이와 사랑하던 동기간을 떠나온 네 마음의 어리벙벙함을 어찌 모르랴. 출가는 예로부터 여자유행女子有行이거니, 오늘로 내 집 울안을 네 자라온 집의 울안으로 알고, 또 나와 네 시모를 어버이처럼 여기어 스스럼없이 하여라.

네 남편과의 정분도 첫눈으로 기약한대로 두터웁게 가꾸어 평생토록 나갈 일이요, 네 시모의 마음에도 네가 선보일 때 느끼게 한 것처럼 웬만큼 마음들어한 것에 변함이 없도록 하여주기를 바라는 시아비의 마음이다. 혹 네 시모 예스럽고 좁은 소견이 있어 네 마음과는 맞지 않은 점이 있더라도 당장에 맞서는 일은 삼가는 것이 집안의 화평을 위해서 좋을 것 같다.

한식경이 지난 후에 네가 옳다고 생각한 바를 화순한 낯빛으로 이야기한다면 예스럽고 좁은 소견머리라도 열려져 가지 않겠느냐.

시집을 와서도 직장엘 나가야 하니, 아침 저녁 네가 부엌일을 도맡아 볼 수는 없을 것이다. 그러나 일요일만은 이른 아침으로부터 행주치마를 두르고 부엌일 울안 일을 네가 주가 되어 하여줄 것을 부탁하고 싶다.

네 시모에게도 젊어서부터 일러온 말이거니와, 눈은 우리보다 어렵게 사는 이들을 향하고 계나 돈놀이는 말 일이며, 밥상을 챙기는 일에 남의 손을 빌지 말라는 말은 너에게도 그대로 들려주고 싶다.

오늘 너에게 소혜왕후昭惠王后가 엮은 《내훈內訓》 한 권을 전한다. 틈틈이 읽어 옛 여성의 법도에서 취할 바를 익혀 따르도록 하고, 혹 딸을 두거든 딸에게도 읽히도록 하라.

너를 며느리로 맞아 우리 집안이 언제나 꽃처럼 밝기를 빈다.

주중수칙酒中守則

《구운몽九雲夢》을 강독하는 시간이었다. 주인공 성진惺眞이 수정궁에 나가 용왕龍王의 친절한 대접을 받는 대문에, 술을 놓고 다음과 같은 문답이 오고가는데 이르렀다.

성진— "술은 마음을 흐리게 하는 광약狂藥이라, 불가佛家의 유類에는 큰 경계니 감히 파계를 못하나이다."

용왕— "부처의 오계五戒에 술을 경계하는 줄 내 어찌 모르리요마는, 궁중에서 쓰는 술은 인간광약人間狂藥과 달라 다만 사람의 기운을 화창케 하니 마음이 미란靡爛치 아니 하나이다."

이 대문에서 나는 오계五戒를 비롯한 몇 몇의 낱말 풀이만으로 넘어가기엔 무엇인가 아쉬운 생각이 들었다. 요즘 부쩍 늘어났다고 느껴지는 대학생들을 비롯한 우리 젊은이들의 음주벽飮酒癖에 생각이 미쳤기 때문이다.

잠시 술 이야기로 강독 시간은 옆으로 달리지 않을 수 없었다.

술은 실로 우리 인간세계에 없지 못할 것으로 알아오고 있다. 누군가 '사랑없는 인생이란 사막과 같다' 는 말을 하였다지만, 나에겐 술 없는 인생도 어쩜 사막에 직유直喩하여 좋을 것 같다.

'밀밭만 지나도 취하드라' 고 곧잘 술잔을 사양하는 친구도 술자리만은 즐거이 나앉곤 하는 것을 보면 이 친구도 술자리 인정이나 그 정경情景만은 떨쳐버리고 싶지 않은 모양이다.

이러한 술이 사람을 미치게 하는 광약일 수도 있고 사람의 마음을 아주 화창하게 하는 선약仙藥일 수도 있으니, 여기에 술의 문제가 야기되지 않을 수 없다. 그렇다고, 술 자체를 나무랄 것은 아니라고 본다. 광약狂藥이게 하는 것도 선약이게 하는 것도 어디까지나 우리들 사람에게 매여 있는 것이기 때문이다. 자랑할 것 못 되는 나의 주력酒歷이지마는 20여년간 대 · 소 술자리를 합쳐 3천 번은 족히 되고 남을 주석酒席마다에서, 준수하고자 노력하여 온 나의 주중수칙酒中守則 몇 가지를 여기 피력하여 둘 필요성을 느낀다.

잔은 술에 알맞은 것을 챙기도록 한다. 배갈을 마셔야 할 잔에 청주를 마셔도 싱겁지만 맥주 컵으로 소주를 들여대는 것도 타끈스러운 일이다.

잔엔 9분九分쯤 술을 받을 일이다. 흔히들 '임은 품안에 들고 잔은 차야 맛이라' 지만, 나의 경우 남실거리는 술잔을 받으면 지레 술이 목까지 차오른 듯한 겁을 집어먹게 된다.

받은 잔은 적어도 세 번 끊어 마신다. 배갈 잔도 세 번 끊어 마시고, 청주 잔도, 막걸리 대접도 세 번 끊어 마신다. 맥주의 첫번째 컵만은 예외로 한다. 그러나, 두 번째 컵으로부터는 맥주도 예외일 수는 없다. 끊어 마실 때마다 일단 잔을 상 위에 놓고 안주를 집든, 이야기를 몇 마디 하든 한다.

낮술은 안 마신다. (낮술이라는 말이 사전에 있는지도 모르겠다. 그러나, 낮술이라는 말이 있었으니, 낮술이란 말을 써도 되겠지) 비록 맥주라 해도 그렇다. 오후 내내 잠이나 청하려면 몰라도 무엇인가 말을 하고 길을 걷고 사람과도 접촉해야 한다면, 나의 경우 낮술이란 절대 금물로 하고 있다.

술은 사철을 두고 어느 철이나 땅거미가 지필 무렵부터 들기로 한다. 유시酉時래야 술은 제맛이 난다는 말엔 동감이다. 그러나, 하지절夏至節엔 유시酉時도 빠르다. 하긴 고려 때의 노래 동동動動의 구절마따나 — '9월 9일에/아으 약이라 먹는/황화黃花 꽂이 안에 드니' — 술이란 하지절夏至節 아닌 국화철로부터 국화주로나 시작해야 보신도 되고 풍미도 돋구는 것이라면, 술은 유시酉時로부터 제 구실을 하는 음료수라 하여 좋을 것이다.

강술은 금물이다. 맥주라도 마른 안주로 세 가지쯤은 놓고 마시는 것이 좋다. 소주나 청주를 김치 가닥 한 가지로 마신대서야 철골鐵骨이래도 당해 낼 재간이 없을 것이다. 술상도 세 접시의 안주쯤 세모꼴로 놓아야 품品이 있지 않겠는가.

술자리도 단 둘의 대작對酌만으론 단조롭다. 여자 친구라도 불러 세 사람쯤 어울려 마시는 게 멋이 있다. 술자리에서의 이야기라면 두 사람이 팽팽히 맞서는 게 좋지 않다. 세 사람으로 이야기줄은 낭차짐해 질 수 있어 좋다.

선술집에서 술을 마시는 경우, 화제話題를 옆자리와 넘나들지 않도록 해야 한다. 더욱 술잔을 보내고 받고 하는 일은 금물이다. 대화의 정신은 아름다운 것이지만 주기酒氣의 열꽃을 빌리다가는 자칫 작은 시비가 큰 시비로 번질 우려가 있기 때문이다.

술자리를 바꾸는 소위 2차, 3차로 나가는 일은 피한다. 같은 청주라도 술집에 따라 주정酒精의 농도가 다르고, 이걸 섞어 마시면 흔들리는 취기가 배로 돌기 마련이다. 술집과 같이 2, 3차에서 주종酒種을 바꾸어 마시면

더더욱 말할 것이 없다.

이상 몇 가지는 그 동안의 내 주력에서 내 나름대로 지켜온 수칙이다. 20여 년, 따져본다면 실로 엄청난 주량을 마셔 왔지만 아직까진 내 오장육부들이 견딜만큼 꺼덕잖고 있음은 워낙 내가 지켜온 이러한 수칙 때문이 아닌가 생각해 본다.

대학생들을 비롯한 젊은 층들에게 금주를 말하고 싶지는 않다. 다만 술로 하여금 광약狂藥이게 하여서는 안 되겠다는 것이다. 술이 있어온 이후, 옛 어른들이 말한 주도酒道를 배우며, 또 그 주도를 익혀서 마셔주었으면 싶을 뿐이다.

술은 먼저 손위 어른들 앞에서 배우며 마실 일이다.

봄과 두보杜甫

자연의 봄은 주춤거리면서도 얼마쯤은 다가서고 있다. 그런데도 창 안의 내 마음은 아직도 삼동三冬을 벗지 못한 듯 시리기만 하다. 어느제 봄처럼 풀릴 것인가. 창 밖 연못가의 실가닥처럼 늘어진 버들가지의 포름한 빛에 눈을 주다가 봄을 생각해 본다.

봄! 하면 저 성당盛唐의 시인 두보杜甫가 생각힌다. 이건 내가 철이들고서 거의 해마다의 일이다. '철이 들고' 라 했지만 좀더 바르게 말하여 1950년대의 그 전화戰火가 식기 전 나의 대학철 《두시언해杜詩諺解》를 읽던 무렵에서부터가 아닌가 싶다.

두시杜詩엔 봄철에 읊어진 노래가 많다.

나란 망했어도 산천은 있어/봄들자 옛 성터에 풀만 짙푸르다.

이 '국파산하재國破山河在, 성춘초목심城春草木深' 을 한자음으로 읽었을 때, 그때 나의 호흡조절을 따라선 콧날이 찡해 오기도 했다. 두보는 안록산安祿山의 난難으로 잃어버린 서울 장안長安의 봄을 생각하며

한 송이 꽃에도 눈시울이 뜨겁고/새 소리에 마음이 더욱 설렌다(함시화천루感時花濺淚, 한별조경심恨別鳥驚心)

고, 이어 탄식이었지만 나는 '6·25의 전화' 가 휩쓸어 놓은 그 을씨년스러운 주위 풍경에 어린철 동산에서의 봄맞이 같지 않은 뭔가 슬픈 가슴앓이를 하고 있었던 것이다. 그때 두시杜詩의 이 '춘망春望' 은 나의 호흡을 두보와 같은 탄식으로 울먹이게 하였다. 그로부터 봄이 오면 두보를 생각게 되고, 두시를 되챙겨 읽는 버릇이 생겼지 않나 싶다.

파란 강물이라 나는 새 더욱 희고/산엔 타는 듯 사뭇 꽃이 붉어라/올 봄도 이대로 예이고 보면/어느 때 고향엘 돌아가리(강벽조유백江碧鳥逾白, 산청화욕연山青花欲燃, 금춘간우과今春看又過, 하일시귀년何日是歸年)

역시 전란을 피해 이리 저리 방랑하면서 그 어느 해

의 봄, 고향을 그리워 한 두보의 뛰어난 절귀絶句다. 누구나 고향이란 생각할 때마다 그리운 곳. 하물며 전란을 피해 떠돌 때의 심경이란 그 얼마나 한 것일까. 나는 봄철이면 직장에서 가까운 왕릉의 잔디 밭에 나가 이 노래에 가슴 접해 보기도 그 몇 번이었는지 모른다.

오늘도 이 왕릉 언저리엔 소나무들이 면사포를 두른 듯 아지랑이가 피어 오르고 있다. 하루면 다녀올 수 있는 고향길을 불쑥 나서지 못한 아쉬움에 이 시를 되읊어 본다.

봄이면 두보가 생각히는 데엔 또 하나의 이유가 있다. 두시에는 이 봄철 포근한 아지랑이 같은 인간미人間味가 감돌고 있어 그게 봄을 느끼게 한다. 두보가 같은 성당盛唐의 시인 이백李白과 다른 점은 여기에서도 찾아볼 수 있지 않을까. 이백의 시에선 옥빛으로 트인 가을하늘을 훨훨 나는 흰구름을 느낄 수 있다면 두보의 시에선 봄날의 아지랑이 같은 연민憐憫의 정을 느끼게 한다.

특히 난리를 피해 다니며 쓴 그의 기행시紀行詩엔 이러한 인간미가 넘치고 있다. 그 난리 속에서도 언제나 두보는 가족들을 챙기며 닥친 역경을, '어찌 굶어 죽어 구렁텅이에 묻히랴' (언여아사 진 구학 焉如餓死 塡 溝壑)고 느긋이 헤쳐내려 했던 것이다.

깊은 산골 세찬 바람 견디기 어려워라/해 지자 어린 자식 밥달라고 보채누나(산심고다풍山深苦多風 낙일동치기落日童稚飢)

이러한 절박한 상황 속에서도 두보는 난리 속에 흩어진 아우들을 생각하고 헤어진 고향 사람들을 걱정하는 따뜻한 인간미를 보여 주고 있다.

두보는 실제로 굶주림과 추위에 어린 아들을 빼앗기기도 했다.

집 찾아 문에 드니 통곡하는 소리/어린 자식 굶주려 죽었다 하네

(입문문호도入門聞號咷, 유자아기졸幼子餓已卒)

두보 자신도 50 한 평생 거의 숨돌릴 새 없이 가난과 난리에 시달리다가 끝내는 뱃길에서 굶주려 죽고야 말지 않았던가.

이 고난의 일생으로 두보의 이상은 언제나 봄하늘처럼 아름다웁고 밝은 것이었다.

임금으로 하여금 요堯 임금 순舜임금보다 높도록 하고/나라의 기풍을 순박하게 바로 잡으리(치군요순상致君堯舜上, 재

사풍속순再使風俗淳)

그러나 정작 두보는 봄같은 삶을 한 때도 누려보지 못한 채 그가 죽음을 만난 것도 겨울철이었다. 내가 두보에서 봄을 느낌은 또 하나 이러한 그의 생애에 연유한 것인지도 모른다.

두보의 바로 다음 시대인 중당中唐을 산 시인 장적張籍은 어느 날 《두보시집杜甫詩集》 한 질을 불살러서 그 재를 꿀에 섞어 마시고는 '내 오장육부를 이로써 바꾸리라' 했다고 한다.

몹시도 불우한 일생임에도 1천 4백 50 수의 시를 남긴 두보, 이를 경모敬慕하는 정, 어찌 장적뿐이랴, 오늘날도 세계적으로 시성詩聖의 우러름을 받고 있지 않은가.

이러한 까닭 또한 두보는 예나 지금이나 다름없이 그의 시를 대하는 사람들에게 따뜻한 봄을 느끼게 하고 그 봄을 심어주고 북돋우어 주는데 있는 것이 아닌가 싶다.

오늘도 나는 주춤거리면서 얼마쯤은 다가선 봄빛을 머금은 연못 가 버들가지를 바라보면서 삼동三冬인 채 시리기만 한 창 안의 내 마음을 두시杜詩로 달래어 본다.

소심素心

꼬마는 늦잠꾸러기다. 국민학교 4학년인데 나와 함께 한 방을 쓰고 있다. 아침이면 이놈의 늦잠을 깨우는 일에 꽤 마음을 써야 한다.

오늘 아침은 예외로 빨랐다.

"영섭아, 일어나야지. 너 오늘 소풍 간다메?"

이 한 마디에 이 놈은 바로 귀가 트인 것 같다.

"잠꾸러기가 소풍 말을 하니 곧 일어나는구나"

꼬마는 배시시 웃으며, 자리를 차고 일어섰다.

얼마 후, 나는 자리에 누운 채 신문을 보고 있는데, 꼬마가 윗목에서 뭔가 보스락거리고 있다.

"거 뭐냐?"

꼬마는 도시락을 싸고 있다는 것이었다. 가져오라 해서 보니 김초밥이 담긴 나무도시락이었다. 접어두었던 옛 과자 포장지를 꺼내어 새로 잘 싸주었다. 꼬마는 또 배시시 웃어보이더니 옆방으로 가져가, 아빠가 멋있게 싸주었다며 자랑이다.

꼬마를 소풍에 내보낸 후, 나의 출근 시간까지 몇 차렌가 이 놈의 배시시 웃는 모습이 떠오르곤 하였다.

그리고 나의 어린 철의 소풍길, 그 아침엔 둥둥 마음이 떠서 밥도 잘 먹혀지질 않고 신명나던 옛날이 눈앞을 갈아들기도 했다. 이 아침 꼬마도 통 밥숟갈을 들지 않았다는 것이다.

문득 소심素心이란 낱말이 떠올랐다. 어느 교수의 수필집 제목에도 《소심록素心綠》이라는 것이 있었고, 어젯밤 읽은 《채근담採根譚》을 끌어댕겨 되넘겨 보았다.

— 작인요존 일점소심 作人要存 一點素心.

사람이 됨에는 마땅히 일점一點의 본마음을 지녀야 한다는 풀이다.

'소심素心' 이란 말이 쓰기 쉬운 한자어로 써놓고 보아도, 또 그 어감으로도 썩 마음에 들어온 말이었던 것 같다. 이 말이 오늘 아침, 꼬마의 배시시 웃는 모습에서 문득 떠올랐는데, 그렇다면 여기 무슨 관계가 있을 것 같은데도, 그게 쉽사리 잡히질 않았다.

'소심素心 = 본마음' 의 등식을 마음 속 되놓아 보아도 마찬가지다.

안되겠다. 한자 사전을 찾아보았다.

① 꾸밈이 없는 마음. 결백한 마음.

② 본심. 평소의 마음.

③ 청淸나라 허덕許德의 자字.

①항의 '꾸밈이 없는 마음=본마음'으로 '소심素心=꼬마의 웃음'이란 관계가 비로소 잡혀 들었다.

素心, 아름다운 마음이다.

素心, 하이얀 옥양목처럼 고운 마음이다.

素心, 한 점 얼 없는 백자항아리처럼 동그스름한 마음이다.

素心, 소심란素心蘭 난꽃처럼 멋있는 마음이다.

素心, 봄미나리 한 떨기처럼 향취가 돋는 마음이다.

오늘 아침 소풍길을 앞둔 꼬마의 두 차례에 걸친 배시시 웃는 모습, 그것에서 나는 소심에서 피어난 꽃의 몸짓 같은 것을 느꼈던 것이다.

얼핏 던진 말 한 마디, 조그마한 손놀림 하나가 꼬마의 구김없는 옥양목 같은 마음엔 큰 물결로 가 닿았던 것이다. 그 물결의 파동에서 배시시한 웃음이 피어 오르고 이 꼬마의 웃음으로 하여 나의 아침 출근길의 걸음조차도 한결 가벼워졌다.

꼬마의 옥양목 같은 마음으로 세상을 살아갈 순 없을까. 옥양목 같은 마음이기에 소심 그대로를 지니기란 어려운 것인지도 모른다. 구겨지기 쉽고 때가 타기 쉽고 밖의 물이 들기 쉬운 게 소심일지도 모른다.

소심은 어린이의 것이거니 싶다. 동심과도 통한다. 고운 어린이가 자라나면서 험궂게 되어가는 것을 곧잘 볼 수 있다. 내 울안의 어린 것들에서도 이러한 점을 볼 때 딱하기만 하다. 자라면서 '소심素心'이 구겨진 것이다. 소심이 구겨지면서 동심童心을 잃은 것이다.

— 동심여산童心如山.

— 어린이는 어른의 아버지.

거듭 수긍이 가는 말들이다. 소심과 동심은 천진난만과도 통한다. 거짓과 꾸밈이 없는 마음, 그 마음 바탕에서 샘물처럼 고여 나타나는 몸짓의 하나하나를 생각할 때, 이 얼마나 아름다운 것인가.

천진난만이 꽃처럼 난만하게 핀 한 울안을 생각해 본다. 이 점, 내 울안이 항시 부족했던 데서 더욱 생각이 미치는 일인지도 모른다. 사실 그렇다.

'부부父父 모모母母 자자子子'로 너무나 애비는 애비, 에미는 에미, 아들은 아들의 자리만을 지킬 것으로 그동안 건조한 울안을 이루어온 느낌이 없지 않았다.

따라서 어느 면에서는 각돌아온 것이라고 보지 않을 수 없다. 서로가 어렵게만 생각해 왔다. 난만하게 핀 꽃처럼 어울리는 울안을 가꾸는 일에 그동안 나는 손방이었다고 하여 과언이 아니다.

어쩜, 소심을 제대로 곱게 간수해오지 못한 내가 울안 꼬마들의 동심에서 얼이 끼게 하고, 내가 생각하는 어떤 규격만으로 몰아 아이들이 자라면서도 천진난만함을 꽃피울 수 없도록 하여 되려 엉뚱한 방향으로 나가게 하여 왔는지도 모르겠다. 새삼스럽게 엄한 가훈만이 아이들을 이끄는 상책이 아니었음을 이날 따라 깨닫는다.

—천진난만시오사天眞爛漫是吾師.

소동파蘇東坡의 구절인가. 몸이야 늙어가는 걸 어쩔 수 없대도 천지난만이고 싶다.

군에 가 있는 첫째 놈, 고교 2년인 둘째 놈에게도 이제 좀은 엄한 애비로의 의견만을 내세울 것이 아니라, 다정한 친구로서의 구실도 생각해 보아야겠다.

오늘 집에 돌아가면 우선 셋째 놈 꼬마의 소풍길 이야기부터를 제 친구가 된 마음으로 응수하여 주리라. 내 어린 철로 돌아가 소풍길에서 본 고향산천과 거기서 있었던 일도 동화를 읽듯 들려 주어야겠다.

망둥이의 맛

여름을 타는 것도 아닌데, 여름 밥상엔 가끔 입맛을 잃곤 한다. 상치쌈이나 풋고추 된장찌개도 몇 날 몇 끼니지, 한 철을 내내 이것들만에 입맛을 맡길 수는 없다.

짭짤한 젓갈이나 장아찌 등 밑반찬이 더러는 입맛을 돋우어 주기도 하지만, 이것들도 끼니마다 줄대어 먹게끔 식성이 풀려 있지 않다.

전에는 명태무침이나 굴비가 입맛을 이끌어도 주었다. 그러나 요즘은 명태라는 것이 이빨이 튕기도록 꽝꽝하기만 하니, 옛날의 포근거리면서도 졸깃거리는 명태무침 맛을 당해 주지 못한다. 굴비(건석어乾石魚)야, '영광靈光굴비'가 상품이다. 그러나 숭어 어란魚卵만치나 금값이니, 웬만한 부엌살림의 경제로는 당해낼 길이 없다. 또 보약補藥 먹는 셈 치고, 영광 굴비 몇 마리 사먹으려 해도, 어물전에선 쉽게 구할 수도 없다.

작금년에 들어, 바닷가 출신의 안식구는 집안 밥상머리에서의 민망憫惘함을 덜기 위해서 생각해 냈음인가, 망둥이라는 건어물乾魚物을 가끔 상 위에 올려 놓는다. 그 때마다 친정의 오빠에게 부탁하여 구해 온 것이라 했다.

처음엔 신통치 않게 생각되었다. 그런대로 해물海物로 작은 편에 속하고 또 말려 놓은 품이 찰찰하여 먹어 보기 시작했다.

안식구는 고추장을 찍어 먹으라고 했다. 그 말대로 좇아서 먹어 보니, 이건 먹을 만한 것이었다. 밥반찬으로도 괜찮고, 술안주로도 이만하면 좋겠다 싶었다. 그 후 밥상이나 술상에 오를 때마다 이 고기의 이모저모를 살펴보기에 이르렀다.

처음엔 이름부터가 꽤 재미있다는 생각이 들었다. 안식구는 망둥이 · 망동이 · 망둥어 등으로 그때그때 편한대로 부르는 것이었다.

사전을 찾아 보니, '망둥이' 라 나온다. 농어목目에 망둥이과科가 있고, 여기에 딸린 바닷물고기의 총칭으로 버젓이 나와 있다.

이게 바로 우리네 속담에 '잉어가 뛰니까 망둥이도 뛴다' 는 그 망둥이임을 알았다. 어려서는 이 속담을 '잉어가 뛰니까 몽둥이도 뛴다' 는 것으로 잘못 듣고,

또 그렇게 잘못 써 왔구나 하는 생각이 들었다.

망둥이와 몽둥이는 모음母音 하나의 다름이지만, 그 실물에 있어서는 얼토당토 않는 것이다. 그런데 '잉어가 뛰니까 몽둥이도 뛴다' 의 속담에 오면, 그토록 가당치 않은 것으로만 받아들여지지는 않는다. 제 분수를 잊고, 덩달아 날뜀의 비유로는 '잉어' 에 '망둥이' 를 갖다 대나 '몽둥이' 를 갖다대나, 매일반으로 받아들여지기 때문이다.

생물과 무생물의 차이라면, '망둥이가 뛰니깐 전라도 빗자루도 뛴다' 는 속담이 있으니, 따로 문제될 것이 없겠다.

아무튼 이 망둥이에 대해서 좀더 알고 싶었다. 그러나 사전류 외에 별다른 기록이 보이질 않는다. 얼마전 어쩌다가 일제日帝 때에 간행된 《조선朝鮮의 물산物産》이란 책을 보니, 우리 나라 어물魚物의 이름에 망둥이가 나와 있다.

이 바닷고기를 한자로는 혼도어渾塗魚 · 난호어蘭胡魚 · 망어魧魚 · 망두어芒頭魚 등으로 쓰인다고 했고, 일본말로는 〈하제 사어(沙魚)〉라 부른다고 했다. 그러나 각 도별道別로 나누어 놓은 특산물의 대목을 보니, 아무 데도 망둥이는 나와 있지 않았다. 어魚에 망亡자를 붙여 망어魧魚라고도 쓴 것을 보면 원양어업遠洋漁業이란 말이 없이도 맛있는 바닷고기를 먹을 수 있었던 옛날엔, 망둥이란 숫제 고기축에도 들지 못했던 것이 아닌가 싶다.

그동안 바다를 가까이에 끼고 사는 사람들에게 주섬주섬 얻어 들어보니, 역시 망둥이는 별반 신통치 않는 고기로들 알고 있는 것 같았다. 또 우리 나라 동해나 서해의 아무 데서나 나는 고기도 아닌 것 같았다. 그것도 부안扶安의 계화도界火島 근해에서 잡아내는 것이 고작이라는 것이었다.

안식구가 우리 집의 여름철 밥상에 이 망둥이 생각을 갖게 된 까닭을 알 만도 하다. 어려서부터 먹어본 것일테고, '영광굴비' 아닌 센찮은 조기 새끼 한 마리 값이면 한 떼의 망둥이를 살 만하니, 웬만치 빠끔한 속셈의 주부라면 이 망둥이를 생각해내지 않을 수 없을 것이다.

게다가 우리 집안의 경우, 망둥이가 오른 밥상을 둘러 앉으면, 큰 놈도 둘쨋 놈도 막내둥이도, 맛이 있다, 잘 먹으니, 여름철 밥반찬으로는 무던한 것이라 하지 않을 수 없다.

이 망둥이를 밥상 위에 올려놓기까지에도 별다른 솜씨를 부릴 것이 없다. 이미 어촌漁村에서 잘 손질되어 말린 망둥이니까, 이걸 불 위의 석쇠에 이리저리 궁굴리며, 설 구워지지 않도록 검테 타지 않도록, 노릿노릿 알맞게 통째로 구워내 놓으면 되는 것이다. 통째로 굽는

데도 전체의 길이가 20㎝ 이짝저짝의 작은 것이니, 구워내기도 어려울 것이 없다. 석쇠에 올려 놓기 전, 방망이 같은 것으로 잘 자근거려 놓으면, 고기가 보드라와져서 먹기에 좋다. 구워낸 후에 꽝꽝하다하여 방망이질을 하면, 고기가 부스러져서 고기 살점이나 세모꼴진 아가미뼈 부분이 허드레로 많이 나가게 되어 재미가 없다. 아가미뼈가 달린 대가리 부분도 버릴 것이 없이 바삭바삭 맛이 있기 때문이다. 그 맛은 명태와 굴비의 반반 맛이다.

더러 입맛이 댕기지 않는 밥상에 짜증이 나다가도, 내 분수에 망둥이면 족하지 '영광 굴비랴' 하고 마음을 돌리면 망둥이의 맛이 새로 돋는다. 망둥이가 오른 밥상은 그때마다 나에게 교훈을 주기도 한다.

'잉어가 뛰니까 망둥이도 뛰어.'—이런 꼬락서니를 세상살이에 보여서는 안 되지.

건란建蘭

건란建蘭을 상머리에 옮겨 놓은 뒤 3년이다. 다섯 촉이 여덟로 벌었다. 옮겨온 해에 일경구화一莖九花의 꽃을 보았고, 지난해에도 두 대로 솟아오른 꽃대공에서 오화五花, 칠화七花의 꽃을 보았다.

금년엔 화기花期인데도 꽃은커녕 대공이 솟아오를 낌새도 보이지 않는다. 두 해를 거듭, 말로 다할 수 없는 난향蘭香에 젖으며 즐겨 왔는데, 웬일일까? 아침 저녁 난분蘭盆을 바라볼 때마다 허전하고 섭섭하다.

처음엔 솟아 오르지 않는 꽃대공을 놓고 스스로 위로도 해 보았다. ―'욕심도 과하지. 해마다 꽃을 보려는가.' '한란 寒蘭은 분총分叢해 온 지 5년이 되어도 꽃대공 한 줄기 보여 주질 않고 있는데, 이 건란에만 기대를 걸다니…….'

더구나 이 건란은 지난해 한 차례 큰 액운을 겪기도

했다. 그것은 초여름이었다. 그 어느 날 뾰조롬히 예쁘게도 솟아오른 두 대의 꽃대공을 보았다.

그 무렵의 내 기쁨을 온통 모두어 안고 아침 저녁 조금씩 조금씩 자라오르던 두 대의 꽃대공이 어느 날 불어닥친 광풍에 떨어진 서액書額에 맞아 작신 불어지고만 횡액을 만나고 만 것이다.

그래서, 지난해의 꽃철은 영영 보지 못할 것으로 마음먹고 있었는데, 뜰의 녹음들이 반지르르 짙어진 어느 날, 부러진 꽃대공 옆자리에서 다시 두 대의 꽃대공이 솟아오르기 시작했다.

그리하여 전년의 꽃만은 못 했지만, 그래도 일경칠화一莖七花 · 일경오화一莖五花의 꽃을 대견스럽게 즐겼던 것이다.

이러한 건란의 분이기에 금년에도 은근히 꽃을 바라보고 있었다. 그러나 이건 과욕이었고 허사인 것 같다. 이제 건란의 화기花期는 다 가고 만 것이다.

금년에 솟아오를 두 대의 꽃대공이 지난해 부러진 꽃대공에 이어 그 양분을 받아 앞당겨 솟아올라 피어버렸다는 말인가. 아니면 지난 겨울 분 간수를 잘못 했다는 말인가.

아무튼 양란養蘭이란 어려운 것이다. 오랜 원예경험으로 종국에 가서야 양란에 손을 댄다고 하니, 짐작할 만

하다. 나는 겨우 이 4, 5년 동안 난초를 가까이 하면서 '난역십이익蘭易十二翼' 을 항시 마음했다. 명明나라 단계자簞溪子가 들어 보인 것이라던가, 분명한 출전은 모르고 있다.

햇볕을 쪼이려 해돋이 무렵의 것을 택해야 한다. 난초는 '희일이외서喜日而畏暑' 랬다.

찬바람은 금물이다. 난초는 산드라운 초여름 바람이나 보송거린 초가을 바람을 좋아한다. '희풍이외한喜風而畏寒' 이랬다.

난초잎은 언제나 자르르 윤이 흘러야 하고 습기를 느끼게 해서는 안된다. '희윤이외습喜潤而畏濕' 이 이를 말한 것이라고 본다.

분은 운두 높은 토분土盆에 석비례를 쓸 일이다. '희토이외후喜土而畏厚' 라고 한다.

깻묵 썩힌 것을 달걀 노른자 위로 반죽하여 만든 환丸으로 비배肥培를 하면 좋다. '희비이외탁喜肥而畏濁' 이랬으니까.

여름철엔 산 나뭇잎으로 완전 차일遮日이 된 그늘에 내어놓고 거미줄이나 먼지가 끼이지 않게 하여 주면 난엽蘭葉이 생기를 돋우게 된다. '희수음이외진喜樹陰而畏塵' 이랬다.

난분蘭盆을 방안에 들여놓았을 땐 담배 피는 일도 삼

가야 한다. 난초는 '희난기이외연喜暖氣而畏煙' 하기 때문이다.

난초잎에 흑점黑點이 생긴가 백점白點이 생긴가 항시 살펴야 한다. 때로는 친구들과 마시는 청주清酒의 농도를 약간 샘물을 타서 눅게 한 후에 솜을 적셔 잎을 닦아 주는 것이 좋다. 난초의 '희인이외충喜人而畏蟲' 한 성깔을 알아야 한다.

아직 내 손으로 분총分叢해 본 일은 없지만 이 분총도 지극히 기술을 요한 것으로 알고 있다. '희취족이외이모喜聚族而畏離母' 라 했으니까.

끝으로 '희배식이의교종喜培植而畏驕瑽' 한 게 난초랬다.

요즘 날씨는 아침 저녁 제법 쌀쌀한 느낌을 갖게 한다. 이제 밤에는 밖에 두었던 난분도 방안으로 옮겨 들여야 할라나 보다. 건란 · 한란 그리고 몇 종의 춘란분春蘭盆을 손질해야겠다.

잎만이 쭉쭉 내어 뻗힌 여덟 촉의 건란분에서 이번 꽃철에 끝내 꽃을 보지 못하고 만 것은 아무리 생각해도 아쉽기만 하다.

아량雅量과 풍도風度

나의 결혼생활을 생각해 본다. 어느덧 20여 년이 지났다.

그동안 남들이 보기엔 '싱거웁기 짝이 없는 부부생활을 용케도 영위하고 있구나' 하는 생각이 들만치, 나는 아내와의 대화에 아기자기한 편이 못 된다. 결혼 초에도 마찬가지였다. 이런 생활을 해온 것은 워낙 나나 아내나 서근서근 사분사분하지 못한 성격 탓이려니 싶다.

대학도 졸업하기 전, 가람 이병기李秉岐 스승의 중매로 아내와 나는 결합을 보았고, 그 다음 해부터 내 월급에 의한 신접살림이 시작되었지만, 오늘날까지 "월급봉투를 보여 달라"는 아내의 말을 들어본 적이 없고, 나 자신 봉투째 내놓아 본 일도 없다. 따라서 가계부를 기입할 아내의 노고는 덜어준 셈이다. 그렇다고 내가 경제

속이 밝은 것은 아니지만 어림짐작으로 내 식구의 생활비는 내가 알아, 그달그달 내어놓고 있는 것이다.

신혼 초에 소위 식모를 두었던 일이 있었다. 그러나 내 성질이 식모에게 무슨 일이나 앉아서 시키는 아내의 꼴을 보려고 하지 않을 뿐 아니라, 아내의 손결이 닿지 않은 식탁엔 구미를 잃고 말기 때문에, 아내는 두어 달도 못 가서 스스로 식모를 내어보내고 말았다. 식모를 방안에 모셔두고 볼만치 아내는 신경이 무디지 않았던 것이다.

내가 식탁을 향해 앉아 식단에 대한 잔소리를 하거나 또 더러는 내 주변 여인들로하여 바가지를 긁고 대드는 아내를 대하기도 한다. 처음엔 맞서서 내 나름대로 손발을 놀리며 목소리를 높여도 보았지만 이런 일이 내 자신의 건강이나 아내와 나에게 딸린 어린 것들의 순한 눈망울이나 또 이웃간의 이목을 위해서도 그리 좋은 일이 못된다는 것을 알아차리게 되었기 때문에 나는 이제 이런 일에선 완전히 탈피하게 되었다.

아내가 바가지라도 긁을 기미가 감돌면 슬그머니 자리를 일어서고, 바가지의 어느 한쪽에서 딱딱거리는 소리가 나기 시작하면 이웃이 무슨 소린가 알아들을 수 없으리만치 빠른 속도로 내 성대를 진동시켜 몇 마디 내뱉고는 후다닥 방문을 나서고 만다. 이 때의 나의 기민성이란 실로 비호飛虎를 상상하여도 좋을 것이다. 몇 날의 냉전이 계속되는 경우도 있지만 이런 경우 우리 어린 놈들의 재롱이나 눈치를 살피는 어떤 몸짓으로 곧잘 화해의 다리가 놓여지곤 한다.

아내는 가끔 신문지상을 시끄럽게 하는 계모임의 파동같은 것을 집안으로 몰고 온 적이 없다. 아내에겐 한 달에 두 번의 계 나들이가 있는 것을 나대로 어렴풋이 알고 있지만 거기 적립하고 목으로 타는 금액이 한 조가 1년에 한 차례 5만원 이하인 것을 알고 있기 때문에 아내의 그 계 나들이를 나는 볼만하게 바라보고 있는 것이다. 아내가 계돈에 열을 올릴 수 있을만치 여유있는 금액을 내가 매월 내놓지 않을 뿐만 아니라, 계가 깨어져 아내가 당할지도 모르는 고통을 내가 미연에 방지해야겠다는 생각으로 미리부터 아내의 계에는 엄격한 규제를 가하였던 것이다. 계가 깨어지든 또 목돈을 떼이든 크게 아까울 것이 없고 곗돈을 타서 자그마한 몸붙이 한 점, 옷 한 벌 장만할 정도의 액수를 절대로 벗어나서는 안 된다는 것이다.

또 아내는 '최가고집崔家固執'을 폭넓게 이해하고 있기 때문에 언제나 자기가 설자리와 누울 자리를 미리 요량하여 우리 집안을 위해 주고 있다고 하겠다.

따라서 이제까지 아내에겐 별반 과실이 없었지만 설

령 약간의 것이 있대도 나는 그 정도를 잘 감안하여 못 본 체 하는 아량과, 그 반면 아내의 덕행德行이라면 친절하게 보아주는 풍토를 잃지 않으려 노력하고 있다.

남들은 연애기분으로 결혼생활을 이끌어야 행복하다고 하지만 아내와 나는 연애과정이 없는 구식 결혼식으로 진행하였기 때문에 그 연애기분들을 워낙 잘 모르고 있다고 하겠다.

그러나 이제껏 나같은 사람 만나 어쩌고 어쩧다는 아내의 큰 불평은 없었고 보니, 아내도 웬만큼 나와의 결혼생활에 행복을 느끼고 있는 것 같고, 나도 나대로 별 짜증 없이 아침 저녁 아내가 챙겨주는 밥상에 입맛을 잃지 않고 있으니, 우리의 결혼생활은 그 소위 '연분緣分'으로 내 · 외합이 맞아든 것으로 생각하고 있다.

원래 결혼생활이란 아내와 남편, 서로간의 아량과 풍도로 가꾸어 나가야 할 것이 아닐까.

봄이 오는 고향길에

이제 호되었던 입춘 추위도 가신 듯 하다. 지금은 대동강 물도 풀린다는 우수절로 접어드는데, 아직도 저 모악산母岳山은 능청스럽게 그 머리에 잔설을 떠받들고 있다.

그러나 내 창문엔 다냥한 햇살이 밝고, 그 앞엔 지난해 저를 돌봐준 값이라도 보상하려는 듯 일경칠화一莖七花로 방렬한 향을 놓던 산천보세란山川報歲蘭이 잔향을 거두지 않고 있다.

문득 '백화국재설중흥록百花國再設中興錄'이 떠오른다. 아무리 동장군의 위세가 대단하대도 동군황제東君皇帝(봄)의 치밀한 구축전에는 당해낼 길이 없으리라. 제주도 문우로부터 날아온 '상아빛깔의 수선화' 꽃 소식으로도 그렇거니와, 천하총녕대도독天下摠寧大都督 화춘풍(봄바람)의 정예부대는 제주를 거쳐 다도해와 한려수도에 깃발을 나부끼며, 이미 그 선봉대로 하여금 목포와 여수에 상륙케 하였음이 분명하다.

승승장구하는 그 북소리가 이제 막 노령산맥을 넘어 오는 듯 하다. 그렇기에 동군황제의 섭행추밀사攝行樞密使로 산야대사마山野大司馬를 겸한 양춘온陽春溫(봄볕)이 이렇듯 화창한 웃음을 내 창문에 와 털어놓고 있는 것이 아닐까. 이윽고 화춘풍和春風의 군사는 승암산僧岩山 기슭 한벽당寒碧堂의 터널을 거쳐 줄곧 북상하게 될 것이다.

방안에 앉았자니 들썩이는 마음을 어쩔 수 없다. 기린봉 · 승암산 · 남고산의 오솔길을 거닐고 싶은 충동이다. 가벼운 옷차림으로 골목을 빠져나가자 아, 양춘온의 다냥한 손길이여, 화춘풍의 귀여운 군사여! 어느새 여기까지 당도했던가.

화춘풍의 군사들에겐 장난끼도 듬뿍 서려 있다. 내 품에 기어드는가 하면, 내 두 볼과 목덜미를 간질이고 내 머리칼을 살풋 흔드는가 하면 코트자락을 '이게 뭐냐' 는 듯 잡아끌다가는 희희낙락 북녘을 향해 내달아 간다.

무슨 향인가를 뿌리고 가는데 가만히 코끝을 조정해 보니 서귀포의 수선화 꽃향도 같고, 오동도梧桐島 동백꽃 꽃향도 같고, 구례求禮 산동山東 산수유 노오란 꽃향도 같다. 아무튼 몸도 마음도 산드럽혀 주는 향기다.

남고산南固山 능선의 오솔길에서 남녘을 바라보자, '길은 외줄기 남도 3백리' 의 시귀와 더불어 전주→남원의 춘향로에 드는 쪽 뻗은 외줄기 길이 눈앞을 훤하게 티워준다. 길 양편의 수양버들이 놀포름한 빛을 풍기며 한창 환춘풍의 후속부대들과 어우러져 수작들이다. 정겹기만하다.

아름다운 내 고향 전주의 봄 노래는 이렇듯하여 시작되는 것인가. 오솔길을 더터 내리는 데 칠성암七星庵골로 드는 골짜구니 오리나무들의 잎봉이 푸른 콩알만큼씩이나 부풀었는가 하면, 어느덧 생대나무 노오란 꽃입술이 금시 터질 듯 터질 듯 하고 있다.

먼 발치 과수원의 복숭아 나무들이 볼그족족한 빛을 띠고 있는데, 그 옆의 푸른 보리밭골엔 나물을 캐는 아이들이 어느 그림 속의 주인공들 같기만 하다.

이 평화롭기만한 내 고향 전원의 정경인데 어쩌자고 콧날이 찡해 오는 것인가. 오직 고운 터전에 새봄의 희망과 복이 있으라 빌어 본다.

'채칵채콕' 소리에 과수원의 저편 귀퉁이를 바라보자 한 인부가 전지가위를 부산하게 놀리고 있다. 그 손놀림, 그 가위 소리를 한참을 서서 훔쳐보고 훔쳐듣는데 싫지가 않다. '채칵채콕 채칵채콕……' 봄을 재촉하는 소리로 들려 홍겹기까지 하다.

옛날 전주의 봄은 남천南川 표모漂母의 방망이 소리로 열렸다고 하는데, 근년엔 그 정경을 찾아볼 길이 없다. 시민들의 각성으로 전주천全州川(남천南川)은 다시 맑아져 가고 있지만 아직도 옛 물빛, 옛 수심을 제대로 되찾지는 못하고 있으니 아쉬운 일이다.

얼음 풀린 전주천의 봄 노래가 항시 시민들의 눈과 귀에 맑은 가락으로 펑퍼져 흘려줄 날을 그려 본다.

남부시장에도 봄은 와 앉았다. 냉이 · 구슬뎅이 · 돌나물이 정갈하게 다듬어져 소복소복이 놓여 있다. 어느 어린 손결을 거쳐 여기 와 앉았느뇨. 한 줌씩을 사들고 돌아선 발걸음의 가볍기가 마치 새댁의 친정 나들이인 것만 같다.

집에 들어 어설픈 내 뜰안을 살펴보니 서향瑞香이 좁쌀같은 꽃봉지를 모두어 있고, 청매靑梅의 여린 가지가 작은 진주알같은 꽃봉을 살풋 내밀고 있다. 놀라지 않을 수 없었다. 바로 내 집 뜰에도 봄은 왔는가.

봄나물국의 저녁 식탁을 기다리며 상머리 난초잎을 닦아주다 울안 손뼘만한 꽃밭의 봄손질을 생각해 본다.

귀울음

귓병으로 하여 몇 차례 병원을 찾은 적이 있다.

그 첫 번째가 감기를 앓고 난 끝이었는데, 왼쪽 귀가 멍멍하여서였다. 멍멍할 뿐만 아니라, 밤의 조용한 시간에 누웠으면 귀 안에서 몇 가지 소리들이 일었다.

바람결
댓잎 사운대는 소리
지난 철 가야산
골 흐르는 물소리……

그 때 귀 안에서 인 소리들을 나는 이런 표현으로 시행에 담아본 적이 있다. 병원에선 '삼출성중이염滲出性中耳炎'이라고 했다. 주사바늘로 고막을 뚫고 그 안에 고인 액체를 뽑아냄으로써 곧 나의 귀는 정상으로 되돌아

왔다.

두 번째는 양쪽 귀가 다같이 멍멍해져서였다. 이번엔 고실鼓室이 외부로부터 어떤 압력을 받은 것 같은 중압감에 골머리까지 조여드는 것 같고, 몹시 신경이 쓰였다.

병원에선 양쪽 귀에서 귓밥을 파내 주었다. 파낸 귓밥을 보여 주는데, 놀랄 지경이었다. 새끼손가락 끝마디 만한 크기였다. 대사리처럼 돌돌 뭉쳐 있었다.

귓밥을 파낸 직후의 '개미 울음소리' 까지 들릴 듯한 귓속의 시원함이란 이루 말로 다 표현할 수 없었다. 그러나 몇 날이 못 가서 양쪽 귀는 도로아미타불이었다.

병원에선 무슨 세균성이라며, 귓밥을 다시 털어내어 주었다. 소음 공해를 입은 것이 아닌가도 했다.

이 진단이 근사하단 생각이 들었다. 그때만 해도 나는 지방 예술문화단체의 책임을 맡고 있어, 매일 같이 오후면 시내 한복판의 소음 속에 나앉아 있어야만 했기 때문이다.

한 달에 한 차례씩 병원엘 찾아가 귓밥을 파내곤 하였는데, 그 후 나도 모르는 사이 귀는 다시 정상으로 돌아섰다.

몇 년 동안 말끔히 지나오고 있는데, 한 보름 전 다시 이비인후과를 찾지 않을 수 없었지만, 파낸 직후 시원한 느낌은 같았다.

그러나 이번엔 몇 시간이 못 가서 도로아미타불이 되었다. 다시 병원엘 들렸지만 별 다른 이상이 보이지 않는다는 것이었다. 며칠 두고 보자고 했다.

이 며칠이 보름 남짓 되었는데, 한 타령이다. 갑갑하다. 친구들은 이제 나이 탓이 아니겠는가고 대수롭지 않게 들어넘기지만, 당사자로서야 꽤 신경이 쓰인다지 않을 수 없다.

돌아가신 초애草涯 장만영張萬榮 시인의 시행이 생각난다.

나의 귓속 조그마한 뜰에
귀뚜라미가 운다.
바깥은 꽃이 한창이라는데
귓속만은 가을인가.
매미가 운다.
쓰르라미가 운다.
아아 어느덧 여름인가.
가끔 비가 내리기도 한다.
이 비가 그치면
눈보라도 치려는가.

귀울임이다. 한자로는 '이명耳鳴' 이라고 적고 있다. 내 나이 또래의 사람들은 '미미나리' 라는 일본말로 곧

잘 일컫고 있기도 하다. 영어로는 티나이터스(Tinnitus)라던가.

초애 시인은 느슨하게 시행으로 읊어놓고 있지만, 귀울음도 하나의 병명일시 분명하다. 나도 첫 번째의 '삼출성 중이염'의 경우, 곧 원상으로 되돌아섰기에 '바람결 · 댓잎소리 · 가야산 물소리……' 하고 낭차짐한 소리를 할 수 있었지만, 이번의 경우는 다르다.

중국의 사전인 《사해辭海》는 귀울음병의 원인을 네 가지로 들어놓고 있다. 빈혈증 혹은 다혈증일 때, 구씨관(歐氏管 : 중이中耳에서 인두咽頭로 통해 있는 근육성 기관)의 열리고 닫힘이 제때에 안될 때, 동맥류動脈瘤 혹은 동맥확장이 되었을 때, 금계납상金鷄納霜이나 수양산水楊酸 같은 약품을 잘못 썼을 때, 등등이 곧 그것이다.

이 네 가지 중, 내 귀울음의 원인은 어느 것일까. 이건 이비인후과 의사나 한의사의 진단을 다시 기다려야 할 일이다.

그러나 넷째 항은 나도 몰래 음식물에 따라들었다면 몰라도 이런 따위의 복약 사실이 없으니 해당될 것이 없겠고, 그렇다면 나머지 세 가지에서 찾아야 할 것이다.

가만히 가늠해 보면, 나의 경우 이 세 가지는 이현령비현령이 될 것 같다. 그동안 몸을 부려온 것으로 보아 다혈증보다는 빈혈증일 것 같고, 구강口腔 · 비강鼻腔이

구름 낀 하늘의 기상도 같으니 구씨관의 개폐인들 시원시원할 것 같지 않다. 또 그동안 술은 얼마나 많이 마셨으며, 머리 끝까지 치민 울화통도 얼마나 많았다고……. 그러니, 동맥인들 정상일 수 있을 것 같지 않다.

세 가지 원인 중, 딱 하나를 짚어보기는 어렵다. 의사 선생의 진단을 기다려 본대도 매일반이지 않을까. 빈혈 · 구씨관 · 동맥의 하나하나를 세밀히 짚어본다면, 나타난 결과는 매일반일 테니까 말이다.

이렇듯 어리뻥뻥한 귀울음의 병인을 제거하고 밀어닥칠 이롱耳聾을 다소라도 늦추기 위해선 오늘부터라도 내 나름의 양생이 필요할 것 같다.

엄벙덤벙 불혹의 나이를 넘기고 이제 50줄에 가까워서야 이걸 알았단 말인가. 가가可呵

고들빼기 김치

우리 집 김장철엔 고들빼기 김치를 빼놓을 수 없다. 어린아이들 입맛엔 잘 맞지 않을 것 같은데 우리 집 막내까지도 이 김치를 썩 좋아한다. 밥상에서 이 고들빼기 김치가 놓이는 자리가 비면 막내가 챙기기까지 하는 편이다.

고들빼기는 꽃상추과에 딸린 일년생 초본이다. 잎은 암록색 또는 적자색을 띠고, 잎의 가장자리엔 톱니같은 것이 있어 까실까실하다. 원은 산과 들에 자생하던 것인데 지금은 많이 재배들을 하고 있다.

고들빼기 김치의 제 맛을 내려면 재배한 것보다도 자생한 것을 취하는 것이 좋다. 이 구분은 보아서 금방 알 수 있다. 빛깔부터가 재배한 것은 암록색이요, 자생한 것은 적자색이다. 재배한 것은 비료를 쓰기 때문에 잎이 크고 뿌리가 가늘고 작다. 산과 들에 제멋대로 자생한 것은 뿌리가 굵고 긴 데 비해 잎이 앙당그레 작은 것이 특색이다.

재배한 것으로 김치를 담으면 쌉싸롬한 고들빼기의 본맛이 나지를 않는다. 산에서 난 송이를 먹다가 양송이를 먹는 맛이다.

쌉싸름한 맛, 이 맛으로 고들빼기 김치를 찾게 된다. 이 맛은 엉거시과菊科에 딸린 옹긋의 뿌리를 무쳐 만든 옹긋나물의 맛이나, 마른 인삼을 씹을 때 나오는 맛과도 통한다. 이 맛으로 하여 고들빼기 김치에 얽힌 이야기가 전해진다.

옛날, 한 전라도 친구가 서울 친구를 찾아 길을 뜨면서, 자그마한 옹기단지에 고들빼기 김치를 맛갈지게 담아 선물로 가져갔다. 그러나 서울 친구는 이사를 하여 몇 날을 그 집을 찾았으나 허사였다. 가지고 간 노자는 떨어지고, 자고 먹은 값을 치르기에도 돈이 모자랐다.

낭패한 이 친구, 숙식을 하여 준 주인에게 자기의 딱한 사정을 이야기하고 자기가 가진 것이란 이 김치단지밖에 없으니, 이로써 숙식비 대신 받아달라고 친구에의 선물용 고들빼기 김치단지를 내어밀었다.

주인은 단지의 뚜껑을 열어 김치 맛을 보고는

"이, 인삼 김치 아니요" 하더라는 것이다. 어리둥절한 전라도 친구는 그게 아니라 "고들빼기 김치요" 하고 설명했지만, 서울의 그 집 주인은 '인삼맛의 인삼 김치'라며, 이 귀물을 얼마 안되는 숙식비만으로 받을 수 없으니 돌아가는 노자에 보태 쓰라고 넉넉한 돈까지 주더라는 이야기다.

이리하여 이 고들빼기 김치는 인삼김치로도 불리워지고 있다. 의식동원醫食同源이란 말마따나, 사실 고들빼기 김치엔 인삼의 효력이 있을지도 모를 일이다.

이는 식품분석가에게 맡길 일이거니와 아무튼 고들빼기의 쌉싸름한 맛을 우리들의 위가 좋아할 것만은 분명하다. 사람의 위가 가장 싫어하는 것은 단맛甘味이라고 하지 않은가. 또 위를 앓는 사람이 그 쓰디쓴 쑥즙이나 익모초즙을 즐겨 찾는 것을 보아서도 그렇다. 위 나쁜 사람이면 이 쓴 것을 훌훌 마시고도 구역질 한 번 하지 않는 것을 종종 보아서도 알 수 있는 일이다.

고들빼기 김치는 우선 먹는 사람의 위장을 즐겁게 하고, 그리하여 식욕을 돋구고, 혈맥을 맑혀 주고, 몸놀림을 가볍게 하여 주는 것이 아닌가 싶다.

꼭 이러한 점을 생각해서가 아니라, 먹어서 입맛이 댕기니까, 자연 밥상을 대할 때마다 이 고들빼기 김치를 찾지 않을 수가 없다. 집 주인인 내가 즐기는 김치이고 보니, 집사람은 김장철이면 어느 김장감보다도 이 고들빼기에 제일 많은 마음을 쓰는 것 같다.

들에서 난 적자색의 것을 부탁하여 구하면 이것을 티끌없이, 잘 다듬어서 자배기에 넣어 물에 담그는 것을 볼 수 있다. 이 때의 물엔 소금기를 하고 5~6일 동안 자배기에 넣어 두고 고들빼기의 쓴맛을 울궈 덜어내야 한다는 것이다. 재배한 고들빼기면 이 쓴맛을 울궈내는데 2~3일이면 족하다.

쓴맛이 덜린 후 고들빼기를 건져내어 소쿠리에 담는다. 물기를 쏙 빠지게 한 다음 전젓국으로 김치를 담는데, 이 때의 젓국은 멸치젓을 가라앉힌 맑은 것이어야 한다.

고들빼기 김치에도 양념을 고루 해야 맛이 돋는다. 파, 마늘, 고춧가루, 생강은 빠뜨릴 수 없는 것이요, 당근과 배도 넣는다. 이 때의 당근과 배는 매화꽃 활짝 핀 모양으로 오려넣으면 김치 접시가 상 위에 올랐을 때 볼품이 있다. 통깨와 실고추 그리고 밤채(생밤을 채로 친 것)와 잣도 넣어야 함은 딴 김치의 김장에서 쓰는 것과 마찬가지다. 처음 고들빼기를 전젓국에 버무릴 때, 고춧가루를 딴 김치보다 곱게 물들도록 넣어야 한다는 이야기다. 이렇게 하여 옹기단지에 담아넣은 고들빼기 김치는 다른 생김치를 먹듯 바로 그날로 내어먹을 수도 있지만, 한 일주일쯤 지난 후부터 밥상에 올라야 제 맛이다.

워낙 식성이 까다로운 쪽이 아니어서 집사람이 챙겨 준 밥상에 별 짜증없이 지내오기도 하지만, 이 고들빼기 김치에 어린 집사람의 솜씨만큼은 은근히 칭찬해 주고 싶을 때도 있다.

밤 늦게 돌아온 겨울 밥상에 집 사람은 따로 신경을 쓸 필요가 없다. 담아놓은 고들빼기 김치 한 접시와 보시기에 담아 올린 한 마리의 게장(게젓)이면 한 사발의 밥도 소리없이 비우니 말이다. 나는 진수성찬보다 고마운 마음으로 밥상을 물린다.

고들빼기 김치는 전라도, 특히 전주의 음식이다. 다른 지방의 밥상에서 그리 흔하게 대할 수 없는 김치이기 때문이다. 이제 재배한 고들빼기는 어느 시장에고 나가겠지만, 전라도 산야에서 자생한 고들빼기라야만 고들빼기 김치 맛을 낼 수 있다는 것이다.

옛날 중국의 식도락가들은 흔히 '소주에 살며 광주의 음식을 취하고 싶다'(생재소주生在蘇州 식재광주食在廣州)는 게 소원이었다고 하지만, 나는 이러한 고들빼기 김치를 집안의 밥상에서 뿐 아니라 시내의 선술집에서도 흔히 대하고 먹을 수 있는 이 곳 전주에 살며 전주의 음식을 먹는 것으로 만족하고 있다.

수필隨筆

근래에 와서 수필이 꽤 시대적인 총애를 받고 있다. 외국은 제쳐놓고 우리 나라에서만 보아도 그렇다.

1930년대만 해도 수필을 놓고 적잖은 논의가 있었다. 수필도 문학의 적자嫡子로 보아야 할 것인가, 아니면 서자庶子 취급으로 그쳐서 좋을 것인가 등등이 그것이었다.

이 무렵 모 잡지사에선 이러한 문제로 좌담회도 열었고, 한편 에세이스트 김진섭金晋燮이며 시인 김기림金起林·임화林和 등이 수필을 위한 단편적인 글들을 발표했던 것을 우리는 찾아 볼 수 있다.

그 때만 해도 사실상 우리의 문단에서는 '자유 분방하고 경묘 탈쇄하고 변화 무쌍' 한 이 수필을 문학의 적자로 포용하기엔 좀 어리벙벙했을지도 모른다.

그러나 1940년을 넘어 《문장文章》지가 나오면서, 거의 매호마다에 그 얼 없이 흩어진 구슬같은 수필들을 내어

놓으면서부터 우리의 수필에도 발랄한 생기가 감돌아, 오늘날의 각광을 받기까지에 이른 것이라고 할 수 있지 않을까.

이젠 각 문예지며 교양지는 물론, 도하都下 각 신문의 문화면엔 곧잘 〈수필隨筆〉〈수상隨想〉〈수감隨感〉 등 컷이 오르내리고 있음을 본다.

'수필은 문화인의 문학이다' 라는 말을 어디선가 본 기억이 있는데, 아무튼 우리의 문화적인 척도를 수필을 놓고 이러한 면에서도 재어 볼 수 있지 않을까 싶어 우선 기쁘다.

그러나 우리의 주위엔 아직도 어느 면에선 수필에 대한 정당한 인식이 결여되어 있다는 느낌을 종종 갖게 한다. 이에 수필에 대한 몇 마디를 수필해 볼까 하는 생각이 든 것이다.

원래 수필이란, 몽떼뉴가 쓰기 시작하였다는 Essai라는 말뜻 자체가 퍽 막연한 느낌을 주듯이 그 적확한 정의를 내리기란 불가능한 것인지도 모른다.

그렇기에 영국 최초의 사전 편찬자요, 자신이 훌륭한 에세이스트이기도 한 죤슨도 '그것은 마음의 산만한 희롱이며 규칙적인 질서 있는 작위作爲가 아니고 불규칙하고 숙고하지 않은 작품이다' 고 말하였으며, 촬스램을 영국 수필의 아버지라고까지 칭찬한 영국의 평론가 에드먼드 고스는 '문학으로서의 에세이는 일반적으로 산문인데 형식상으로는 자유로이 선택한 주제를 만족시킬 만한 적당한 길이를 가진 산문' 이라고 말하였고, 현대의 매력있는 에세이스트의 한 사람인 린드는 '짧고 · 무형식적이고 · 개성적이며 · 문예적이고 · 평이하고 우아로운 문체로 쓰여진 것' 이라고 말하였다.

이 모두가 수필의 개념을 말한 것이라고 보겠으나 극히 모호한 설명에 지나지 않다. 그만치 수필 자체가 몽롱한 베일을 쓰고 있는 것이기도 하다.

수필이 둘러싸고 있는 이러한 몽롱한 베일로하여, '수필이란 누구나가 쓸 수 있는 것' '아무렇게나 무엇이고 써도 되는 것' '잠깐이면 써갈겨 놓을 수 있는 것' 식으로 생각하는 사람들이 적지 않다.

사실에 있어, 수필이란 누구나 쓸 수 있는 것이기도 하다. 소설가도 시인도 과학자도 화가도 정치인도 군인도 사업가도 다 쓸 수 있기 때문이다.

또한 수필이란 언메소디칼하고 백화점과 같은 것이기도 하여, 문학적인 것이 아닌 아무거나 제재로 하여 쓸 수 있기도 하다.

또한 작자에 따라서는 '누워서 떡먹기' 격으로 잠깐

이면 써갈겨 놓을 수 있는 게 수필일지도 모른다.

그러나 거기에는 필자의 심경이 전 인생에 확충되어 있어야 하고, 따라서 문예적인 향취와 가치를 지니고 있어야 할 것이다.

그럼으로써 모든 수필은 날카로운 지성과 따뜻한 감성으로 모든 사물에 달관達觀한 작자의 심경이 줄줄이 배어 있어 읽는 이에게 친밀성과 육박미를 부어 주는 것이어야 하겠다.

날카로운 지성과 따뜻한 감성의 어느 한 쪽만을 갖기는 쉬울지 모르나, 두 가지 면을 다 풍부하게 갖기란 누구나가 쉬운 일은 아니다 따라서 수필은 만인이 다 쓸 수 있는 것이면서도, 높은 향기를 풍기는 좋은 수필을 얻기란 어려운 일이기도 하다.

이런 면에서 '20에 시, 30에 소설, 40에 희곡, 50에 수필' 이란 속설俗說이 나돌게 되었는지도 모른다.

아무튼 이제 우리의 수필도 현대의 메카니즘에 고달파진 인간들의 심혼心魂에 아늑한 멋을 안겨주고 팔팔한 생기를 불어넣어 줄 수 있는 그러한 격조 높은 일품逸品들이 되기를 빌어 본다.

파한기破閑記

우리나라 고전에서도 일반적으로 거들떠보임을 받지 못하고 있는 것에 잡기류雜記類가 있다. 그러나 이것들 중에는 녹록하게만 볼 수 없는 글들이 많다.

글 쓴 사람의 입장에서 겸허하게 말하여 '잡기' 이지, 그 글에는 오늘의 문학 양식에서 보아 수필로 훌륭한 것이 많기 때문이다.

나는 한가한 시간이면 곧잘 우리나라의 고전에서 잡기류의 책들을 골라 잡는다. 거기서 파한破閑뿐 아니라 인생살이의 어떠한 슬기까지를 엿볼 수 있어, 책을 읽는 재미를 톡톡히 누릴 수도 있다.

마침 방학철, 혼자서 차를 달여 마시다가 뽑아든 책이 역시 잡기류인 《패관잡기稗官雜記》이다. 조선조 종종 때의 역관譯官이요 문인이었던 어숙권魚叔權의 저서로, 수필집이라 이를 만한 책이다.

이 책의 4권 중간쯤에 눈이 멎었다.

석장포복 진무용 石墻飽腹眞無用
치자능언 역비현 稚子能言亦非賢
불고여금 춘우삭 不顧如今春雨數
원군가모 수여연 願君家母手如椽

칠언절귀가 익살스럽다. 돌담의 배 부른 것은 쓸모가 없고, 어린 아들 말 잘하는 것도 어진 일이 아니요, 봄비가 잦는 일도 원치 않는 일, 오직 주부主婦의 손이 서까래 같다면 바람직스러운 일이라는 뜻이다.

어숙권은 이 칠언시에 대한 내력을 덧붙여 놓았다. —속담에 봄비가 자주 오는 것, 돌담의 배가 불룩한 것, 사발의 이 빠진 것, 늙은이 떠돌아다니는 것, 어린 아이 입빠른 것, 중僧이 술 취한 것, 진흙 부처 내 건너는 것, 주부의 손 큰 것, 빈 도시락 소리 나는 것 등으로 무용지물을 삼는데, 일찍이 유대용柳大容이 이같은 속담으로 장난삼아 위 절귀絶句 한 수를 지어 주더라는 것이다.

과연 그렇겠다. 잦은 봄비는 봄갈이에 오히려 해로울 것이요, 배 부른 돌담은 허물어질 날이 머지 않을 것이다. 이빠진 사발은 개밥통으로나 쓸까, 늙어서도 떠돌이 신세라면 안타까운 일이다. 입빠른 어린애는 겉똑똑

이로 시건방지기 쉽고, 주정뱅이 중놈은 파계破戒하기 일수일 것이요, 진흙부처泥佛가 내를 건너면 무엇이 남으랴. 손 큰 주부는 집안살림 바닥내기 쉽고, 소리내는 도시락은 비워진 도시락이기 마련이다.

옛날의 일상 주변에서 흔히 볼 수 있었던 쓸모없는 물건들 무용지물無用之物을 그럴듯하게 들어 놓았다. 여기에 덧붙여 오늘날의 무용지물을 들어본다면 어떠어떠한 것들이 있을까, 한 번쯤 손꼽아 보면 심심파적이 될 것이다.

《패관잡기》는 또한 이의산李義山의 살풍경론殺風景論을 담아 놓고 있다. ―맑은 샘물에 발 씻는 일, 꽃나무 가지에 바지를 널어 말리는 일, 산을 등진 곳에 누각樓閣을 세우는 일, 거문고를 불태워 학鶴을 삶는 일, 꽃을 마주하여 차茶를 마시는 일, 오솔길 양켠에 선 소나무를 보고 벽제辟除 소리를 외치는 일 등은 살풍경하다는 것이다.

옛날 선비들은 탁족회濯足會의 모임을 자주 가졌던 것 같다. 여름철 산골의 맑은 물을 찾아 발을 씻고 놀던 모임이다. 놀부의 마음보라면 몰라도, 맑은 옹달샘에 발을 씻는 일은 없었을 것이다. 이건 살풍경이랴, 하늘의 벼락이라도 떨어져야 할 일이다. 꽃 핀 꽃나무 가지에 빨래를 말리다니, 이런 매몰찬 일이 어디 있겠으며, 산자락을 데불지 않은 누각이란 얼마나 메마른 경치일까는 말할 필요도 없겠다. 꽃향기와 다향茶香을 범벅탕으로 차를 마시려 한다면, 이는 풍류를 모르는 사람의 짓이려니와, 길 양켠에 선 소나무에게 "에라, 게 들어 섰거라" 어쩌고 하는 벽제소리란 참으로 꼴불견이지 않을 수 없겠다. 그런데도, 옛날 이러한 일들을 가끔은 볼 수 있었던 것일까, 이의산의 한갓 재담이었던 것일까.

어숙권은 이러한 인용에 덧붙여, 서로 어울리지 않는 꼴불견을 말한 우리나라의 속담을 소개해주고 있다. ―초헌軺軒에 말 채찍, 짚신에 징, 거적문에 고두쇠, 사모紗帽에 영자纓子, 삿갓에 털이개, 제祭 지내는데 호무胡舞 등이 곧 그것이다.

오늘날 이러한 꼴불견들은 거의 볼 수가 없다. 초헌·짚신·거적문·사모·삿갓 등을 비롯하여 징이네 고두쇠네 영자 등도 없어져버린 옛 풍물들이기 때문이다. 그러나 이것들에 대신 새로 생긴 것들에서 서로 어울리지 않는 꼴불견은 지금도 적지않게 볼 수 있다. 농촌 도시 할 것 없이 몇 발자국의 길을 걸으면서도 곧잘 눈에 드는 사지불상事之不相의 꼴불견을 들 수 있을 것이다. 이 또한 손꼽아 본다면 심심파적만이 아닌 타산의 돌他山之石이 될 법도 하다.

많이 달라져 가는 세상이지만, 그 달라지는 세상과 더불어, 또한 인간살이에 있어 쓸모없는 것이나 꼴불견은 떫기 마련인 것이다.

《패관잡기》가 들어 본 것처럼, 사람들은 눈을 밖으로 돌려 무용지물이나 꼴불견을 말하긴 쉬어도, 눈을 안으로 돌려 무용지물이나 꼴불견을 찾아보라면 찾기 어려운 것, 또한 인정 기미가 아닐까. 찻잔을 들다 말고 엉뚱한 생각을 해본다. 그러나, 사실 남의 눈에 내 존재가 무용지물로 놓여지고, 내 예사로 하는 짓거리가 꼴불견으로 느껴진다면 어쩔 것인가.

오늘도 어쩌다가 눈이 멎은 한 편의 '잡기' 에서 인생살이를 배운다.

맑은 눈 모습이

그리운 벗!

숨막히는 복중의 더위를 나돌다, 해질녘 한 둘금 소낙비에 땀을 덜고 마루 끝에 나아 앉았소.

내일엔 서울에서 열리는 한 세미나에 참석하기 위하여 집을 뜨려 하오. 오늘 서둘러 집에 일찍 들어온 것도 이 때문이었소.

담 옆 말갛게 씻긴 파초잎이 한들거려 좀은 서느로운 멋을 돌게 하는구려.

참으로 오랜만이오. 당신을 이리 가까이 불러 보는 것은……. 먼 곳의 시우詩友가 보내어 준 사화집에서 얼마전에 읽은 한 구절이 생각나오.

당신의 내계內界에
잠자는 그 이름들의 얼굴을

점검해 본 일이
있는가.

속된 일들에 얽혀 뜀질을 하다시피 나돌다 보면, 무엇을 어쩌자는 것인지, 또 내 스스로 어떻게 하겠다는 것인지, 갈피를 잡지 못할 때가 많다오. 그리하여 지근했던 벗들을 마음 속에 그려보는 일도 한동안 까마득히 잊어버리곤 하는 것이오. 내 박정해감을 나무래주오.

벗이여!

그러나 때로는 야박해 가는 나의 정을 스스로 깨달아 놀라기도 한다오. 오늘의 이런 시각도 그러한 한 때라고 하겠소.

좀은 제 발자국을 되돌아보고, 소중히 간직해 온 무엇인가를 남몰래 꺼내보는 마음이듯이, 아름다웠던 벗과의 옛 일들을 되생각해 보오.

벗이여!

앞 사설이 길어졌소만, 아무튼 오랫만에 내 마음 문을 열고 벗과 마주앉아 본 것이오. 어쩌면 내일의 서울길이 벗과 나와를 오늘 이렇듯 불러 앉힌 촉매가 되었는지 모르오. 사실이 그렇소.

벗과의 인연은 한 고향이라는 데서부터 싹이 텄지만, 좀더 가까워진 것은 시詩와 문학을 이야기하면서였고,

지근한 벗으로 진정 가까워진 것은 나는 시골에 남고 벗은 서울로 옮긴 후로부터였다고 생각하오.

벌써 오랜 세월이 흘렀구려. 언제 아이들 가르치던 직장을 그만두고, 또 언제 서울에 옮겨 앉은지도 모르게 벗은 나와의 시골 고향을 훌쩍 뜨고 말았었소.

그저 무슨 바쁜 일인가에 몰려 찻집에도 나오지 않거니 생각하고 있던 어느 날이었소. 한 장의 편지를 받고 보니, 뜻밖에도 그것은 벗이 보낸 것이었소. 서울길이 있으면 미리 알리라는 것, 그러면, 좋은 길 안내자가 되어 주겠다는 짧은 사연이었소.

그리운 벗

세모꼴로 매혹적이던 벗의 맑은 눈 모습이 강하게 물밀어 오는구려.

그 후, 나에겐 정작 며칠간의 서울 나들이 길이 열리게 되었었소. 그때 나는 벗에게 미리 편지를 띄웠고, 벗은 어김없이 서울역에 나와 주었었소. 다시 서울역에서 헤어질 때까지 벗은 벗의 거처를 나에게 말하여 주지 않으려 하였고, 오직 서울거리의 충실한 안내자가 되어 주었었소. 돌아가신 '가람' 선생의 계동桂洞 댁을 처음 찾아가 뵈오리라 했을 때도, 벗은 밤 사이에 가 확인해 놓고 다음 날 곧장 나를 안내하여 주었던 것이오. 서울 나들이에서 남산을 올라 본 것도 벗과 더불어 그 때가 처음이었소.

시골로 되돌아 온 나는 바로 '그리운 벗에게' 하여, 그동안 벗을 부르던 '선생' 이란 호칭을 떼어버리고 편지를 띄웠던 것이오. '벗' 이라는 말이 좋아 편지에 입맞춤하였다는 벗의 답장이 있었고…… 이렇게 편지는 오고 갔지만, 다시 오늘날까지 서로 만나지는 못하였구려.

그리운 벗!

이제 편지마저 띄울 주소도 알 수 없는 벗! 내일의 서울길을 앞두고도, 언젠가의 편지에서 벗이 말한 '늙어 흰 머리칼을 강바람에 날리며, 더 많은 이야기를 나누고 싶소' 한 구절을 되풀이하여 볼 뿐이오.

어데 있던, 벗이여! 내내 안녕하소.

베레 여담餘談

나는 탈모를 좋아한다. 내게는 탈모가 알맞은 까닭이다.

고등학교를 나오기까진 제모를 썼다. 그러나 대학엘 다닐 때나 사회에 나와선 한두 번 중절모를 쓴 일이 있을 뿐, 줄곧 탈모 그대로 다녔다.

그러던 내가 최근 4개월여에 걸쳐 '베레'를 쓰고 다닌다. 물론 쓰고 싶어서 쓴 것은 아니다. 어쩔 수 없이 쓰게 된 데에는 다음과 같은 사연이 있다.

지난 해의 가을도 다 가는 어느 날의 일이다. 나는 대학에서 강의를 맡고 있다 말고, 군대에 오라는 영장을 받게 되었다. 지구 사령부에 집결한 장정들의 한 편에 끼어 훈련소에까진 들어갔으나, 몇 날을 걸려 받은 신체 검사에서 그만 '불합격'의 낙인을 받고야 말았다. 갈 때엔 귀밑까지 덮었던 머리만을 깎이고, 그대로 나는 훈련소 여드레의 생활을 등지고 귀향하게 되었다.

대학에선 다시 나와 강의를 맡으라는 것이었다. '이걸 어쩌나!', 나는 주저거리게 되었다. 새삼 머리를 훑어 보아도 빡빡 깎인 중대가리 그대로다. 머리털을 하룻밤 사이에 나폴나폴 종전대로 기를 수 있는 무슨 방법도 없고, 중대가리 이대로야 차마 강단에 오를 수도 없고 하니 말이다.

이리저리 궁리한 끝에 묘안을 하나 생각해 냈다. '가쓰라(가발)' 의 대용으로 '베레' 를 쓰자는 것이었다. 나는 그 길로 이 고장 일간지에 만화 '맘보군' 을 연재하고 있는 친구 J군을 찾았다. 내 대가릴 보면서 킥킥 웃는 그를 붙잡고 대뜸 말을 꺼냈다. J군도 쓰고 있는 단 하나라는 '베레' 를 선뜻 벗어 내어 주었다.

이 날로 나는 거리낌없이 거리를 활보할 수 있게 되었고, 대학에도 나가게 되었다.

그 후 원래가 탈모주의자인 나도 '베레' 에 관해서만은 지대한 관심을 기울이게 되었다. 어느 날엔가는 '한글 큰 사전' 에서 '베레' 를 찾아 보았다. 거기엔

'Beret(이) :주전자 위 뚜껑과 같이 생긴 모자. 털실로 짜거나 천 따위로 만들어서 어린 아이나 젊은 여자가 쓰는데, 혹 남자도 씀'

이라고 적혀 있었다. 그러나 이것만으로는 어쩐지 섭

섭한 것이었다.

그리고나서의 어느 날엔가는 우연한 기회에 일본 발행의 모 문예 잡지에서 수필가 와다나베(渡邊)가 쓴 〈베레의 10덕德과 10계戒〉를 읽게 되었다.

'베레' 의 열 가지 덕이 되는 것으로는 ① '브러쉬' 로 쓸 수 있다. ②딱딱한 나무나 돌 위에 앉을 때 방석으로 쓸 수 있다. ③책보로도 쓸 수 있다. ④ '가쓰라' 의 대용으로 쓸 수 있다. ⑤손수건의 대용이 될 수 있다. ⑥방한용이 된다. ⑦먼지를 피하는 데 좋다. ⑧재채기를 할 때 침이나 코막이로 좋다. ⑨ '포켓' 에도 집어넣을 수 있어 간수하기에 좋다. ⑩뻣센 머리털을 길들이는 데 좋다 등등을 들어 놓고, 다시 '베레' 의 열가지 경계하여야 할 점으로선 ①인사할 때엔 벗어야 한다. ②남자용은 곤색이나 검정색이어야 한다. ③차중에서 곤색 '시이트' 위에 놓아서는 안 된다. ④꼭지를 잡고 흔들거나 하여, 그 꼭지가 떨어진 것이어서는 안 된다. ⑤머리칼이 이마에 처지도록 써서는 안 된다. ⑥제모를 쓰듯 똑바로 써서는 안 된다. ⑦뒷켠 가죽이 밖으로 나와서는 안 된다. ⑧머릿기름이 번져 있어선 안된다. ⑨여름철엔 쓰지 않는 게 좋다. ⑩가짜를 써서는 안 된다 등등을 들고 있는 재미로운 수필이었다.

그리고 '베레' 의 원이름은 '베레 바스크(Beret Basgue)'

로 '프랑스' 와 '스페인' 의 국경지대인 피레네(Pyrenujes) 산중에 살고 있는 바스크족의 두건에서 유래한 말이라는 것도 알 수 있었다.

이와 같은 '베레' 가 프랑스를 거쳐 일본 도오쿄오東京로 하여 한국에도 들어온 것 같은데, 전후 일본에선 빠리병 환자나 '살롱 콤뮤니스트' 들이 쓰던 게 오늘날엔 널리 회사의 중역들에 이르기까지 보통 쓰게 되었다는 것이다.

그러나 아직도 우리 나라에선 일부 예술인들의 전용물이 되다시피 되어 있다. 뿐만 아니라 심지어는 깡패나 부랑자가 쓰는 걸로 그릇 생각하고 있는 데엔 질색할 정도이다. 하긴 '한글 큰 사전' 의 '베레' 개념 규명부터가 똑바른 것이 못 되고 있으니 말이 아니다.

동지절冬至節과 선신앙線信仰

24절기도 이제 숨가쁜 고비에 접어들고 있다. 동지절에 이르면 떠오르는 시조 한 수.

동짓달 기나긴 밤을
한 허리를 두려내여
춘풍春風이불 아래
서리서리 넣었다가
어른님 오신날 밤이여드란
굽이굽이 펴리라

작자와 내용은 그 설명에 오히려 군더더기의 말이 되리라.

그만치 이 시조는 널리 회자된 것이요 또한 일찍이 가람 선생도 '우리의 고시조에서 일 자 일 구를 더할 수도 뺄 수도 없는 완벽한 것으로서 이 작품을 들지 않을 수 없다' 고 하시리만치 높이 평가를 받아온 시이기도 하기 때문이다.

나는 이 한 수의 옛노래에 요즈음 새로운 멋을 느끼고 있다. 그것은 이 노래로 하여 굽이는 선감각으로 하여서다. '동짓날의 밤' 을 두고 '기나긴 밤' '한 허리' '서리서리' '구비구비' 한 표현이라든지 '오신날 밤이면' 을 '오신날 밤이여드란' 한 표현에서 온통 선을 느끼지 않을 수 없다.

선이 갖는 내적인 의미는 무엇인가? 평생 우리나라의 미술작품을 옆에 하고 거기에서 마음의 윤택을 찾았다는 야나기 무네요시柳宗悅는 선에 관하여 다음과 같은 말을 하고 있다.

"선은 땅에 옆으로 드러눕는 것이 아니라 땅에서 떠나려고 하는 것이다. 그리워 하는 쪽은 현실이 아닌 곳으로 향해져 있다. ……줄곧 무엇인가를 그리워 하고, 그것도 끊어질 듯 끊어지지 않는 이 세상의 인연의 줄이 저 연약한 선으로 가장 잘 암시되는 것은 아닐까. 피안을 구하여 땅에 괴로워 하는 자의 모습이 거기에 상징된다. 선은 쓸쓸함을 말해주는 선인 것이다."

'동짓달 기나긴 밤' 의 시조에서도 나는 이러한 선이 갖는 의미를 저버릴 수가 없다. 4백여 년 전 이 노래를 읊은 황진이의 모습을 그려 본대도 이러한 선이 아니고는 제격으로 이루어질 수 없을 것 같다.

동지절의 훈훈하지 못한 쓸쓸함과 괴로움과 외로움이 있다면 내일에의 희망과 기구를 잃지 않는 끈질긴 선의 신앙을 가슴할 일이다.

연암燕巖과 똥부스러기

정확한 통계 숫자는 모른다. 그러나 해마다 많은 학도들이 해외 유학의 길을 떠나고 있는 것으로 알고 있다. 세기를 앞서 달리고 있는 미국·독일·프랑스 등 여러 나라에 가서 그곳의 앞서 간 문화를 공부하고 어두운 시야를 밝히겠다는 그 의욕은 높이 찬양하여 좋을 것이다. 실지에 있어 가까운 벗이나 선배들이 해외로 떠날 때, 나는 진심에서 그분들의 장도를 축하하였고, 한편 많은 것을 견문하고, 연구하고, 습득하고 돌아와서 우리 사회에 보람진 일을 하여 줄 것을 당부하고, 또 고즈너기 빌기를 마지 않았다.

그러나 그분들이 정해진 동안의 유학이나 외유에서 얼마만한 연구를 하고, 또 돌아와서 과연 얼마만한 기여를 우리의 사회에 하고 있는가에 나는 마음 후련한 대답을 얻지 못하고 있다. 어떤 친구는 유학간 그 나라에서 취직 자리를 구하여 영영 주저앉고 말았다는 이야기, 또 어떤 친구는 그곳의 학과 과정을 이수해 나갈 실력이 자라지 못하여 낙제를 거듭하다가 학교에서 물러나게 되자, 그 나라의 여인과 미적지근한 사랑을 속삭이며 전전한다는 이야기, 또는 반정부적인 성명을 떠벌이고, 정치적인 망명을 요구하여 그 나라에 주저앉았다는 이야기……를 들을 때면 가슴이 뭉클하여짐을 걷잡을 수 없다. 언제나 우리 겨레의 모두가 좀더 틀스러운 안으로의 자각에 눈을 뜰 날이 올 것인가. 뛰지도 날지도 못하는 심정에 어둡게만 짙어가는 그늘을 거둘 길이 없다.

이와 같은 그늘로 하여 잠을 이룰 수 없는 밤을 더러는 앉아, 나는 먼지 낀 고서를 손에 들곤 한다. 연암의 《열하일기熱河日記》를 뒤지다가, 언젠가 읽으며 그어 놓은 붉은 줄에 눈이 멎었다.

장관壯觀은 기왓조각에 있다. 또 똥부스러기에 있다.

처음 이 책을 읽을 때, 이 대문에 감명받은 바 컸던 모양인데, 지금은 이 무슨 뜻에서였던가 잊어버렸다. 앞뒤의 문맥을 다시 살펴보지 않을 수 없었다.

이것은 《열하일기》 중의 〈일신수필馹迅隨筆〉의 한 구

절이다. 우리 나라 선비들이 18세기 중국의 연경燕京에 사신길로 또는 유학길로 갔다가 돌아와서

"그곳 제 1장관이 무엇이던가?"

고 묻는 말의 대답으로, 연암이 하고 싶은 말이라는 것이다.

연암은 다시 이어서 다음과 같이 말하고 있다.

"대저 깨어진 기왓조각은 세상에서 버리는 물건이지만, 담을 쌓을 그 윗편에 이를 둘씩 둘씩 포개어서 물결무늬를 만든다든가, 넷을 모아서 고리 모양 원을 만든다든가, 넷을 등지워서 옛 노전魯錢의 형상을 만들면, 그 빛깔이 영롱하고 안팎이 서로 어리어서 저절로 좋은 무늬를 이룩한다. 곧 이 깨어진 기왓조각을 버리지 아니하여 천하의 무늬를 이룩하였다 이를 수 있을 것이다. 또 집마다 뜰앞에 벽돌을 깔 수는 없을 것이나, 여러 가지 유리 조각과 시냇가의 둥근 조약돌을 주어다가 땅에 꽃나무라든가 새나 짐승의 모양으로 깔아서 비올 때 진수렁됨을 막으니, 이 곧 자갈돌을 버리지 아니하여 천하의 그림을 이룩하였다 이를 수 있을 것이다.

똥은 세상에 더러운 물건이지만, 이를 논밭에 내이기 위해선, 아끼기를 오금五金처럼 여기어 길에 내어 버리는 사람이 없고, 말똥을 줍기 위하여 삼태기를 들고 말 뒤를 따라다닌다. 이를 주워 모아서 네모 반듯하게 쌓

고, 혹은 여섯모로 혹은 여덟모로 쌓으며, 혹은 누대樓臺 모양으로 쌓아 올리니, 이 곧 똥무더기를 모아서 천하의 제도를 이룩하였다 이를 수 있을 것이다.

그러므로 기왓조각 · 똥부스러기가 이 곧 장관이오, 하필 성지城地라든가, 궁실宮室이라든가, 누대라든가, 시포市脯라든가, 사관寺觀이라든가, 목동牧童이라든가, 원야原野의 넓음이라든가, 인수烟樹의 이상함이라든가 하는 것만이 장관이 아닐 것이다."

이 한 대문만으로도 18세기 우리나라 실사구시학풍實事求是學風의 기치에 새바람을 불어 보낸 연암 박지원朴趾源의 참모습을 생생하게 엿볼 수 있거니 싶다.

이제 다시금 생각하여 본다. 18세기 우리나라 모든 선비들이 이와 같은 실학의 새바람에 한 갈래로 숨결을 몰아세웠던들, 오늘날 우리 겨레의 세계적 처지는 좀더 달라졌을 것이 아니겠는가?

오늘날만 해도 그렇다. 해마다 가난한 이 나라의 귀중한 외환外換의 혜택을 받고 해외유학을 한 우리의 젊은이들이나, 또 무슨 사절단 · 시찰단의 화려한 레텔을 달고 외국을 다녀온 분네들이 그곳에서 듣고 보고 온 것은 무엇이었던가! 참다운 실사구시의 학문과 기술이었던가. 그리고 돌아와선 저마다 낙후된 우리 사회의 향상을 위하여 얼마나 기여하여 준 바 있었던가.

자기 일개인의 안일만을 꾀하고, 보고, 익힌다는 것이 저쪽편의 외화外華만에 그치고, 되돌아와서의 직장이나 보수만을 저울질하여 귀국을 망설이고 하는 일은 없었던가.

차츰 밝고 맑아져야 할 역사가 '구름이 머흘레라!' 로 어두운 그늘만이 짙어가니, 우리 겨레의 앞길은 어느 때나 그 방황을 멎게 할 수 있을까.

그때나, 이때나, 나라 안에 있어서나, 나라 밖에 있어서나, 우리에게 아쉬운 건 연암의 실사구시의 정신이 아닐까 싶다.

이 또한 '석양에 홀로 서서 갈 곳 몰라 하노라' 식의 소극적이고 문약文弱한 백면 서생의 가냘픈 넋두리일진 몰라도.

자화자찬自畵自讚

자화자찬이라…… 그림은 이만하면 근사하게 선의 조짐이 된 듯한데, 막상 자찬을 해 보자니 앞 줄이 막힌다.

그러나 그저 '난쟁이 골마리 추는 것' 쯤으로 지면을 메꾸어 보자고 한다.

어쩌자고 옆으로만 퍼진 얼굴판인지, 이렇단 모자란 모자는 다 갖다 얹어놓고 보아도 도시 어울리질 않는다.

그런데다 기름 바르길 싫어하는 성미이고 보니, 머리는 자연 삽살개마냥 더펄거릴 수밖에 없다. 그러나 바로 여기에 '나' 의 '나' 인 특징이 있는 것이 아닐까…….

연 전 서울에서였다. 어데선가 '최 선생님!' 부르는 소리에, 낯선 거리에서 두리번거리자니 뜻밖에도 미도파 앞 노총회관 3층에서 거듭 굴러오는 소리였다.

한 때 동 직장에 있던 K양이었는데, 3층에서도 나의

헤어 스타일 하나로 그 많은 대가리의 행렬 속에서 바로 '나'='최승범 씨'인 것을 직감할 수 있었다는 이야기였다.

면도만은 자주 해야겠거니 싶은 것은 더펄개머리에다 코밑, 턱조가리에 수염마저 무성하고 보면 야생인野生人으로 그릇 보이기 쉽기 때문이다.

아닌 게 아니라, 한 여학생은 나의 첫 인상이 '정글 속에서 갓 나온 사자' 같더라는 것이었다. 그땐 아마 게으름 피노라 수염도 안 깎고, 전날 밤 마신 술에 안경 너머 두 눈이라도 움푹 들어갔던 게지……. 그러나 알고 보니 속이 서글서글한 수박 같은 신사(?)더라고……

아무렴! 처음 붙임성은 적어도 입이 커서 술 잘하고, 눈이 둥글어 헤드라이트 같고, 머리털은 아껴 깎아 자연형 그대로고, 광대뼈 옆으로 퍼져 너부데데한 얼굴의 사람치고 원래 악인은 없으렸다.

농촌길에서

지난 주말이었다. 고창 선운사禪雲寺 근처의 '자연의 집' 에서 하룻밤을 묵고 와야 할 일이 있었다. 내가 속한 대학의 학생회 간부들을 위한 연수회의 일정을 바로 그곳에서 갖도록 되어 있었기 때문이다. 대학 버스를 탄 일행은 50명이었다.

정읍을 거쳐 홍덕興德까지는 말끔히 포장된 도로로 버스는 삽상한 바람과 더불어 달렸다. 홍덕에서 선운사까지의 길은 포장이 되어 있질 않아 좀 어설펐지만, 버스의 흔들리는 폼이 짜증을 낼 정도는 아니었다.

대체적으로 농촌의 이 길을 가고 오며, 나는 한동안 잊었던 농사철의 생생한 모습을 적잖이 엿볼 수 있었다. 내 어린 철의 농촌에 비하여 흐뭇한 정경도 있는가 하면, 여전히 가슴 시리게 한 모습도 널려 있었다.

보리베기 · 보리타작 · 뽕따기 · 논갈이 · 써레질 · 모

심기 등등이 서로 얼려 농촌의 곳곳은 한창 바쁜 철이었다. '늦모내기에 죽은 중도 끔적거린다'는 우리 농촌 전래의 속담을 상기하지 않을 수 없었다.

이러한 농촌의 모습에서 서정적인 시정詩情이 울어나오기도 하였지마는 다른 한편으로는 뜨거운 햇볕 아래 여름이란 바로 전쟁인 것만 같은 생각이 들기도 하였다.

특히 어버이들의 일손을 거들고 있는 어린이들에 나의 눈길은 멎곤 하였다. 보리단을 나르는 놈, 보리 이삭을 줍는 놈, 모판에서 모찌기를 돕는 놈, 두 손에 주전자를 들고 물심부름을 하는 놈, 논에 두엄을 내는 놈, 비료를 흩뿌리는 놈…… 등등, 가위 한 집안, 또는 한 마을의 총력전을 연상케도 하였다.

이 농촌길의 버스 안에 앉아 나는 지긋이 두 눈을 감아 보았다. 내 어린 철의 농촌도 저러 했거니, 그 농촌을 떠나 살아온 그동안 나는 어느덧 논·밭갈이의 피땀 흘리는 거룩함을 망각하고 있었다. 또한 농촌의 저 안쓰러운 어린이들에 비해 나약하기만 한 내 집 어린놈들을 생각해 본다. 여기 벌어진 많은 간극성間隙性을 어떻게 무엇으론가 좁히고 메꾸어 볼 수는 없을까. 오직 우리 농촌의 여름이 우순풍조雨順風調하기를 빌고 바랄 뿐이었다.

평화를 심는 마음

짙푸른 녹음철이다. 머리 위 태양은 날로 위세를 떨쳐 가고 있다. 세상살이는 녹음만치 희망적이지 못하다. 불쾌지수를 말하는 사람들도 많다.

눈에 보이는 도심지의 공기에서 벗어나 교외의 녹음을 찾아 나선다. 푸르다 못해 수묵색이 돋는 녹음 아래 앉아서, 이마 땀을 날리며 종아리를 쓸어 내린다. 얼마나 바쁘고 퍅퍅한 길이었던가. 뭔가 살맛 나는 세상살이를 생각해 본다.

세상 돌아가는 꼴이 어떻다고, 제 손에 든 달걀로 바위를 칠 수는 없지 않은가. 내 마음에 평화를, 그리고 둘레의 사람들에게도 평화를 심어 줄 수 있는 길은 없을까.

이러한 시간이면 홍만종의 '보화탕保和湯'이 떠오른다. 그는 느긋하게 세상을 산 조선조 후기의 한 선비였다. 그가 남긴 《순오지旬五志》에서 이 '보화탕'의 약방문을 읽을 수 있다. '간사스런 마음을 먹지 않는다. 착한 일만을 행한다. 내 속을 내가 속이지 않는다. 순리를 좇는다. 본분을 지킨다. 질투·시기하지 않는다. 교활한 마음을 없앤다. 매사를 성실하게 한다. 천도天道를 따른다. 스스로의 운명에 책임을 진다. 탐욕을 잘라낸다. 참아서 부드럽고 순하게 한다. 자적自適할 줄 안다. 이利에 보채지 않는다. 중용中庸을 지킨다. 스스로를 존엄하게 생각한다. 양보할 줄을 안다. 남 몰래 이웃을 돕고, 살생을 경계한다. 화내거나 표독하지 않는다. 더불어 즐긴다.'

스무 가지 탕재湯材다. 여기에 심화心火 한 근을 같이하여 신수腎水 두 사발에 넣고 약 5분쯤 달여서 수시로 입안에 머금어 궁굴리다가 넘기라는 것이다. 이건 '보화탕'이 아니라 숫제 '퇴화탕退化湯'이라고 흠잡을 사람이 있을지도 모르겠다. 사실 이러한 도덕군자 같은 생각으로 눈이 도는 세상을 어떻게 뒤지지 않고 살아갈 수 있을까 싶기도 하다. 그러나 좀더 여유를 가지고 생각해볼 일이다. 세상은 한갓 단거리 경주장도 아니요, 또 개인적인 이기만을 노린대서 그대로 놓아두고 볼 어수룩한 세상도 이제 아니기 때문이다.

스스로의 마음에 화평함이 없이 이웃과의 평화를 누

릴 수도 없겠거니와 이웃과의 평화가 없이 자기만의 화평을 생각할 수도 없는 것이 아닐까. 그렇다면 아무리 눈이 도는 세상일지라도 홍만종의 '보화탕' 은 하루 한 번쯤 복용해 볼만하지 않는가.

평화를 그리는 마음이 간절해진다. 그 마음의 일단에서, 녹음 아래 잠시 땀을 날리며 이런 생각을 해본다.

게의 넋두리

게는 옆으로 걸어서 '게걸음' 이란 말이 생겼다. 해행蟹行이라는 한자어도 이를 이름이거니와, 횡보橫步라는 말도 이 게걸음에서 온 말이다.

소설가 염상섭 선생이 처음의 아호인 제월霽月에서 친구들로부터 선사받은 '횡보' 걸음을 놓고 이런 속담도 있다. '에미게가 저는 옆으로 걸으면서 새끼게 보고는 똑바로 걸으란다' 가 곧 그것이다.

어쩌면 나도 이 에미게 축에 드는 것이 아닐까, 가정에서 뿐아니라 직장에서 또는 사회생활에서 가끔 느낄 때가 있다. 나로서는 솔선수범하지도 못하면서, 제 행실은 궂으면서, 아이들에게나 학생들에게 또는 친구들에겐

"이러이러 해야할 게 아닌가" 고 곧잘 지껄여댄다.

아이들이 보기에, 학생들이 보기에, 또는 친구들이

보아주기에, 때로는 우습고 때로는 안타까운 생각도 들 것이다. 그러나 여기에 성인·군자 아닌 범인의 사는 맛이 있지 않을까. 언원행방言圓行方이란 말이 있지만 약간 자기 행실엔 옆걸음 치는 점이 있더라도 말만은 바르고 똑바로 해야 하지 않을까. 이것은 '제 허물 전혀 잊고 남의 말만 해도 좋다' 는 말로 받아들여져서는 곤란하다. 제 허물 제가 알고 약간은 게걸음을 치더라도 둘레를 향하여 하는 말에 두리뭉술해서는 안되겠다는 이야기다. 사람들의 타잎을 돈 키호테형과 햄리트형으로 나누어 말한 것은 투르게네프였다. 이들이 가리키는 인간성격과는 걸맞지 않는 말이지마는 나는 사람들을 뭉수리형과 모난형으로 양분해 볼 수 있지 않을까 생각한다.

상대방과의 대화에 있어 싫건 좋건 쓰건 달건 누이 좋고 매부 좋고 식으로 얼렁뚱땅 둥글둥글 넘기려는 사람을 뭉수리형이라 한다면, 이와 대립되는 게 모난형이다. 모난형은 옆에서 보기에도 성깔스럽고 날카롭고 고집스럽다. 싫은 건 싫고 예쁜 것은 예쁘고 친구라도 바른 건 바르고 그른 건 그르다고 못을 박는다. 내 좋아하는 사람 사랑할 시간도 모자라는 인생인데 싫은 사람 좋아할 시간 어디 있느냐는 냉담이다.

이러고 보면 세상을 사는 데 덕이 되는 것은 모난형

보다도 뭉수리형일지 모른다. 아니, '모난 돌이 정 맞더라' 고, 확실히 뭉수리형이 살기에 편한 세상이기도 하다.

이 친구, 그른 일을 하고도 번연히 깨닫기는커녕 번질거리게 자기 변호를 늘어 놓는데

"아무렴, 자네가 잘한 일이야."

하고 등이라도 도닥거려 주는 뭉수리형과,

"아니야, 그건 자네 생각이 틀려 먹었어."

하고 뾰족한 말을 해 주는 모난형과, 어느 쪽이 세상살이에 편한 것인가를 생각해 보면 알 일이다. 이런 경우 모난형이 반드시 지 · 정 · 의를 모두 갖춘 원만한 인격자이거나 지나온 행실이 공자님과 같다는 것을 의미하지는 않는다. 자기로서도 설령 에미게의 어리석음을 범하고 있더라도, '게에게 앞으로 걷는 것을 말해도 소용없다' 고 모두가 뭉수리형이 되고 만다면 세상은 백년하청일 수 밖에 없지 않은가. 나 또한 게의 넋두리를 해 본다.

난연기蘭緣記

난초蘭草의 정情

3, 4년 전부터 난초 몇 분을 머리맡에 놓고 있다. 처음엔 내 처지에 난초를 기를 수 있을까, 걱정도 되었다. 그 동안 한 방에서 기거를 해오며 꽤 마음을 써 왔다. 이제는 웬만큼 난초의 성결도 짐작할 수 있게 되었거니 싶다.

정도 들었다. 며칠 걸려 물을 뿌려주거나 잎에 앉은 먼질 닦아도 낸다. 이중에 다섯 촉의 건란建蘭 한 분이 있다. 지난달 중순경, 두 대의 꽃대를 솟아올리기 시작하였다. 아침 저녁 이 꽃대에 이끌리는 마음이란 이루 말로 다할 수 없는 것이었다.

꽃대궁의 성장률은 잎과 달랐다. 밤에 눈맞춤했다가 아침에 일어나 바라보면 밤새에도 자란 것 같은 느낌이었다. 그만치 내 마음 속 꽃을 바라는 희망도 부풀어 올

랐고, 또한 꽃대를 사이한 나와 난초와의 정도 도타워 만졌다.

그러던 어느 날— 꽃대궁이 10센티쯤 자랐을 무렵이었다. 벽에 걸린 서액書額이 떨어지면서 일순에 두 꽃대궁을 분질러 버렸다. 주위 사람들에게 자랑도 무던히 해왔는데, 몇 친구와는 꽃이 벌면 술잔을 나누자고 언약도 해두었었는데, 이 무슨 호사다마란 말인가.

난초분을 들어 박살을 내버리고 싶은 심정이었다. 잘못은 내게 있었는데도 순간이나마 왜 이런 억하심정으로 뒤틀렸었는지 모른다. 난초에 대한 애정도 엷어져 갔고, 오는 가을도 온통 쓸쓸하게만 여겨졌다.

이러던 어느 날이었다. 난초분에 눈이 멎었다. 놀라지 않을 수 없었다. 부러진 꽃대궁이 새까맣게 말라 비틀어졌는데, 바로 그 옆켠 마디에서 새 꽃대가 뾰조롬히 솟아 오르고 있는 것이 아닌가. 그뿐이랴. 또다른 한 촉에서도 새로이 한 대가 솟아, 모두 세 대의 꽃대궁을 볼 수 있었다.

난蘭을 기르기 3,4년 전, 지난 해에도 이 건란분에서 일경오화一莖五花를 보았지마는, 솟아오르던 꽃대가 부러지면 다시 그 촉의 옆자리에 새 꽃대를 꽂아 올린다는 걸 모르고 있었던 내 무식을 스스로 웃지 않을 수 없었다.

난초에 가는 새로운 정으로 다시금 아침 · 저녁 눈맞춤하고 있다. 자주빛 대궁들이 이제 모두 20센티쯤 자라 귀여운 꽃봉들을 보여 주고 있다.

사람의 정이란 이렇듯 치사한 것일까. 난초와의 정을 내켠에서 생각해 보면 '오는 정에 가는 정' 이었으니 말이다. 이에 반해 난초의 정은 '주는 정에 받는 정' 이 아닌가.

정은 '정情' 이란 한자로 보아서도 '푸른 마음' 을 바탕한 것이어야 할 것 같다. 문득, 내가 난초와 같이 내 주위에 '푸른 마음' 을 줄 수 있는 정을 생각해 본다.

가을빛과 난초蘭草

가을바람 일어나니 흰구름이 날은다/초목은 누렇게 지고 기러기 남으로 돌아가는 구나/난초는 수려하고 국화 향기로울 제/가인 생각 사무쳐 잊을 수 없음이여…….

입추절立秋節 아침 난초분을 내어 놓다 절로 입에 뇌인 〈추풍사秋風辭〉의 구절이다.

내가 기르고 있는 네 분盆의 난초 중, 건란이 지금 막 꽃대를 솟아 올리고 있다. 지난 해의 초가을에는 일경오화一莖五花의 꽃을 즐긴 바 있었다. 여름철부터 꽃대를 올려 주어야 할텐데, 아무 기척도 없어, 퍽 초조로이 기다리던 지루한 한 여름이었다. 어쩌면 금년엔 꽃을 볼 수 없는 것이 아닌가도 싶었다. 하긴 어찌 해마다 그런 기품의 꽃이 풍기는 청향의 복을 누릴 수 있으랴, 이 빼어난 푸르른 잎만으로도 자족해야지 스스로 마음을 도닥거리기도 하였다.

그러던 게 입추절 가까운 무렵, 뾰조롬히 붓끝처럼 두 대나 솟는 것이 아닌가. 나는 매일의 아침 · 저녁 이것을 조심성있게 바라보는 것이 한 낙이었다. 지금은 한 10센티나 자라 있다.

꽃봉의 윤곽이 확연히 들어나질 않아서 셈해 보진 못했지만 지난 해보다도 더 많은 꽃봉을 달고 있는 것 같다. 아무래도 일경구화一莖九花쯤 되지않나 싶어 적이 가슴 설레이기까지 한다.

지난 입추일엔 이 건란분建蘭盆을 바라다가 다음과 같은 단장斷章을 얻은 바도 있다.

> 난초분/새로 솟는 두 꽃대에/아침 마음은/이슬방울로 트이다/머언 산을/'가람' 의 묵향墨香이 어리고/가까운 영嶺을 넘어/오시는 '석정石汀' /살갗을/보송여 주는 바람은/또, 어느덧/입추란다.

올 가을은 지난 입추로부터 몹시 서둘러 오는 것 같

다. 가을이 오는 만치 내 난초의 꽃대는 그만치씩 날로 솟아오를 것이요, 어느 날 내 앞을 은은한 웃음으로 수놓아 줄 아름다운 사람처럼, 난초꽃은 피어나 줄 것이다.

가을바람 일어도 나 애상哀傷에 젖지 않으리. 오는 가을은 날로 싱그럽기만 하다.

난연기蘭緣記

원추리나 소엽맥문동小葉麥門冬, 아니면 맥문아재비쯤이라면 모르겠다. 무릇 난초과에 딸린 동양란을 이야기한다는 것은 시건드러진 수작이라고 핀잔을 먹지나 않을까 망설여진다. 그러나 이미 글제도 달고 붓을 잡은 김이니 이야기를 잇지 않을 수 없다.

나와 난초를 생각하면 먼저 가람 이병기李秉岐 스승을 잊을 수가 없다. 1950년대 그 전쟁의 생채기가 아물기도 전, 가람이 우거하시던 양사재養士齋에서 나는 처음으로 몇 종의 난초를 가까이 대할 수 있었다.

그 때 본 난초란 지금 생각해 보면 풍란風蘭·건란建蘭·춘란春蘭의 몇 종과 무슨 소심란素心蘭이라는 게 있었던 것 같다.

풍란은 요즈음 흔히 대해 볼 수 있는 세엽細葉의 것이 아니었다. 잎이 엄지손가락 만큼씩이나 둥글납작한 중엽中葉에 드는 것이었다. 그 무렵 가람은 난리 뒤의 그 심산心散함을 이 풍란을 바라보시며 달래시는 것도 같았다.

잎이 빳빳하고도 오히려 영롱玲瓏하다
썩은 향나무 껍질에 옥玉 같은 뿌리를 서려 두고
청량淸凉한 물기를 머금고 바람으로 사노니.

꽃이 벌었을 때의 그 품이며 그 향은 물정에 어둡던 나의 그 철로도 퍽 귀하고 높게만 느껴졌다.

건란建蘭은 자란雌蘭보다도 약간 그 꽃철(花期)이 빠른 웅란雄蘭이었던 것 같다. 비가 내리는 여름철이었다. 가람은 몇몇 후학과 제자를 부르셨다. 꽃이 한창인 난초분은 뒷마루에 멀찌가니 놓였는데도 그 향은 큰 방안에까지 잔잔한 물주름살로 굽일고 있었다.

이 건란은 중국의 복건성福建省 지방에 자생한 데서 얻은 이름이라니, 이꽃이 무더기로 핀 그 어느 골짜기 한 자락만의 상상으로도 족히 황홀한 것이 아닐 수 없었다.

산듯한 볕이 발 틈에 비쳐들고
난초 향기는 물 밀 듯 밀어오다
잠신들 이 곁에 두고 차마 어찌 뜨리아.

가람이 읊으신 이 '난초'도 건란일시 분명하다.

우리 재래종의 것으론 춘란春蘭이 몇 분 있었다. 그 중 일종을 가람은 도림란道林爛이라고 명명, 봄에 핀 일경일화一莖一花에 으늑히 떠 이는 향이 진란眞蘭이라며, 누군가 말한 '동국무진란東國無眞蘭'이란 시뻘건 거짓말이라고 기염을 토하시기도 하였다.

가람이 돌아가신 후 비사벌초사比斯伐艸舍에서 금능변金稜邊과 춘란春蘭의 두어 분을 대할 때면, 더러 가람 댁 난초분을 하나 물려 받지 못한 아쉬움이 일기도 하였다.

그러나 내가 직접 난을 가꿔 보리란 생심은 감히 내어 갖질 못했다. 난의 배양이 얼마나 어렵고, 또 거기엔 얼마나 많은 정성을 들여야 하는 것인가를 그동안 적잖이 듣고 보고 하였기 때문이다. 난이란 나같이 술이나 담배를 즐기는 속인의 손에선 절대 길러질 수 없는 것이라, 지레 짐작하고 있었던 것이다.

그런데 4년 전, 실로 우연한 기회에 춘란春蘭 한 촉을 얻어 갖게 되었다. 내장산內藏山에서 열린 무슨 모임엔가 참석하였다가 그 여사旅舍 주인과 나눈 몇 마디 대화가 춘란 한 촉을 나에게 안겨 준 것이다. 그 주인은 '내장석란內藏石蘭'이라고 자랑이었지만 서래봉西來峯 바위 틈에서 자란 춘란이었다. 이제 8, 9촉으로 벌었으나 지난 4년 동안 한 번도 꽃을 대하지 못했다.

이게 나도 난을 기를 수 있는 인연이었는지 그 다음해 제주도길에선 정말 뜻밖에도 그 곳에 건너가 화원을 경영하고 있는 고향 친구를 만나, 한란寒蘭 네 촉을 선물로 받아 오게 되었다.

돌아와서는 내 역량으로 분에 앉히기가 어려워 한 꽃집의 노인에게 부탁하여 앉혔다. 분도 댓잎이 새겨진 길쭉한 토분土盆을 골랐다. 언제 보아도 썩 마음에 드는 분이다.

이 네 촉의 한란寒蘭이 3년째 나는 지금은 여덟 촉으로 벌어났다. 가져오던 그 해에 한 촉을 실패하였으니, 실은 세 촉이 여덟 촉으로 불어난 셈이다.

쭉쭉 위로 빼어난 잎은 아니어도 그동안 이렇다 할 병충해도 입지 않고 싱싱히 연푸른 빛으로 틀스러이 뿌리도 내린 듯하여 대견스럽기 그지 없다.

잎새에 앉은 먼지 닦아 주면
마음도 조찰히 열리고…….

이 한란분寒蘭盆을 바랄 때마다 꽃을 바라는 마음 간절키 한결같지만 야속하리만큼 꽃대궁을 올려 주지 않는다. 3대를 보고도 그렇다. 그러나 별반 흑점黑點이나 백견白絹 등 병앓이가 없이 제 빛을 나타내 주고 있는 잎들만으로도 나는 기쁘다.

때로는 밤중의 허허한 마음을 달래며 홀로 기울이는 청주잔에 약간의 맑은 샘물을 부어 거기 적신 솜으로 잎잎을 닦아 줄 때의 내 마음은 형언할 수 없으리만큼 차분히 갈앉는다. 이 난초잎의 미덕이 아닐 수 없다.

한란의 꽃철은 10월부터 1월 사이라고 하니, 올 가을엔 일경수화一莖數花라도 보여주겠지 싶어 더러는 가슴 설레일 때도 있다.

바로 지난해의 봄철엔 나에게 또, 건란建蘭 한 분을 더 가질 수 있는 난복蘭福이 열렸다. 수필을 쓰는 김옥생金玉生 여사가 높은 값을 치르고 구하여 준 것이다. 청람빛의 큰 분에 뿌리를 내린 다섯 촉의 웅란雄蘭이다.

이걸 잘못하여 혹 죽이기라도 하면 어쩌나 싶어 아침·저녁 적잖이 신경을 쏟아오던 차, 초여름의 어느 날 솟아 뻗어나던 꽃대에서 7월 하순경 드디어 꽃을 보게 되었었다. 일경오화一莖五花였다.

그때 마침 시우詩友 진을주陳乙洲 형이 내 집에서 하룻밤 묵게 된 날의 아침이었다. 눈을 뜨자 향긋하게 풀려오는 향기가 코끝을 간질이는 것이었다. 머리맡 상머리를 보니 밤 사이 한 송이가 벙긋 벌어 웃고 있지 않은가. 일어나 앉은 우리는 휘둥그란 눈을 하고 이모저모를 살피었다.

날렵한 다섯 꽃판瓣이다. 맑고도 연푸른 꽃받침이 소중히 받들고 있다. 꽃대는 자록색紫綠色, 꽃술의 혀에는 어느 진귀한 향수 방울 같은 것이 조금 한 점 달려 있다. 이게 바로 그 상긋한 향을 간간 흩뿌리고 있는 듯하였다.

진 형은 아침 밥상의 찬 없음을 아랑곳하지 않았다. 나도 탓할 생각을 내어가질 겨를이 없었다. 우리는 밥 한 숟갈 입에 넣고 꽃 한 번 보고, 꽃 한 번 바라고 밥 한 숟갈 떠 넣고…… 말이 없었다.

이 세 난초분은 지금도 내 주위에서 싱싱한 잎들을 보여 주고 있다. 건란建蘭은 두 대의 꽃대를 부시시 을려 주고 있거니와 한란寒蘭도 올 꽃철이야 그냥 넘기랴 싶어, 이따금 난초분을 바라는 내 마음은 몹시 설레이곤 한다.

이만한 걸로 난연蘭緣을 말할 수 있을까. 아무튼 이 세 분盆의 난초와는 이제 어느 정도 서로의 성결을 알고 별 까탈 없이 한 방에 살고 있는 것이다.

전주의 콩나물국밥

전주와 콩나물은 어떠한 관계인가, 전주의 콩나물이 언제부터 유명하여 온 것인가 하고 가끔 생각해 볼 때가 있다. 그만큼 전주의 식탁에서 콩나물로 만든 음식을 빼어놓을 수가 없다. 그것도 갖가지로 가지 수가 많을 뿐 아니라, 전주에 와서 콩나물 음식을 맛본 바깥 손님들도 으레 그 맛을 찬미하여 주기 때문이다.

그동안 문헌에서 전주의 콩나물을 말한 것으로 몇 종이 있었던 것을 볼 수 있다.

콩나물죽
후룩후룩
먹으며
아버지 생각 하였다.
우리 아버지

돌아오시면
죽 안 먹으려니 하고.

1930년 3월 29일 《중외일보中外日報》에 발표된 독자란의 시다. 작자는 이욱정李旭町, 아마 전주 사람이 아니었던가 싶다. '명창의 소리도 한두 번'이라는 말마따나, 춘궁기에 매일 매끼마다 콩나물죽이라면 어른이라도 질리지 않을 수 없을 것이다.

춘궁기가 잊혀져 가고 있는 지금은 별미인 콩나물죽을 놓고, 이 동심은 돈벌이 나간 아버지가 오시면 끼니마다 진절머리가 나는 콩나물죽에서 벗어날 수 있으리라, 노래하고 있다.

1943년에 나온 일문日文의 《전주부사全州府史》에는 이 지방 사람들이 콩나물을 즐겨 먹는다는 것과 그 까닭은 풍토병의 예방에 콩나물이 특효이기 때문이라고 썼다. 노인들에게 풍토병을 물어 보면 해수병이라고도 한다.

최남선崔南善의 《조선상식문답朝鮮常識問答, 1947》은 우리나라의 지방 명식으로, 개성의 엿과 저육, 해주의 승가기勝佳妓, 평양의 냉면, 의주의 대만두, 진주의 비빔밥, 대구의 육개장, 회양의 곰기름 정과, 강릉의 방풍죽, 삼수갑산의 돌배말국, 차호의 홍합죽과 더불어 전주의 콩나물을 들고 있다.

이같은 기록들로 보아, 전주의 콩나물은 일찍부터 유명하였던 것이 사실인 것 같다.

나는 일찍부터 콩나물 음식 중에서도 콩나물국밥에 입맛을 들여왔다. 대학생이던 때엔 점심으로, 사회에 나와선 아침 해장으로 즐겨 콩나물국밥을 찾았다. 대학생이던 때엔 특히 지금의 전주 시청 앞에 있던 '일심옥' '청심옥' '성심옥' 등에서 끓여 낸 콩나물국밥의 맛이 뛰어났었다.

큰 가마솥이 걸린 부뚜막에 붉은 고추가 통째로 궁글고 있는 것도 시정詩情이 돋았다. 콩나물국밥과 더불어 으레 부뚜막의 그 붉은 고추 한두 개를 집어 준다. 고추는 바싹 말려져 있다. 국밥 그릇에 대고 손가락만으로 부벼도 고추는 잘 바수어진다. 고추씨까지 그대로 넣어서 먹으면 코끝까지 얼큰한 게 여간 맛이 아니었다. 점심 한 끼야 사철을 두고 먹어도 질리지 않았지만, 특히 눈오는 겨울철이나 쌍그러운 날씨의 늦가을 · 초봄철엔 더욱 맛이 돋았다.

사회에 나와서 차츰 술맛을 알게 되고, 또 더러는 밤술을 시간 가는 줄 모르고 마시다 떨어진 날의 다음날 아침이면 아내가 생일상을 차려준대도 귀가 트이질 않는다. 쓰라린 속을 달래며, 마구 콩나물국밥집으로 내달아 가야 한다.

이때부터 아침 해장 콩나물국밥집으로 단골을 정한 게 '한일관' 이다. 그러니까, 한 20년 남짓 되는 것 같다. 그동안 단골집 '한일관' 도 세 번 자리를 옮겼다.

내가 처음 다니던 때의 '한일관' 은 남부시장 근처에 있었다. 이곳으로부터 자리를 넓혀 옮긴 게, 지금은 동서로東西路로 뚫려 건물조차 없어진 중앙동이었다. 여기서 지난 2월 28일 다시 자리를 옮긴 곳이 지금의 고사동高士洞 골목에 자리한 '한일관' 이다.

주인은 처음이나 지금이나 같은 박강임朴康任 여인이다. 처음에도 키에 비해 몸부피가 있었지만, 얼마 전 물어보니 73킬로그램의 몸무게라고 했다. 이 분은 음식을 내어 놓는 데도 손이 크다. 그릇 그릇이 듬뿍듬뿍이요, 국밥에 양념을 넣는 데도 숟가락을 재지 않는다. 그런데도 간이나 맛이 맞아 떨어지니 놀라웁다.

뿐만 아니다. 손놀림이 빠른 점도 놀라웁다. 콩나물국 말이를 한, 뚝배기 30그릇을 앞에놓고 달걀을 깨어 넣는 광경을 본 일이 있다. 달걀을 집었다 하면 뚝배기의 아가리 테에 툭 쳐서 그 달걀을 깬다. 달걀이 두 동강이 나는가 싶으면 흰자위 · 노른자위는 뚝배기 속으로 들어가고, 달걀 껍질은 다른 빈 그릇 속으로 나가 떨어진다. 이건 숫제 기계적인데, 30개를 깨어 넣는 일이 그야말로 순식간에 마쳐졌다.

"고사동으로 자리를 옮긴 후 어떻습니까."

"전과 마찬가지예요."

"집을 새로 꾸미시느라 애 많이 쓰셨네요."

"집세가 천 오백만에, 시설을 하는데 2천만원이 들었습니다."

"하루 아침이면 몇 그릇이나 나가나요."

"평일엔 삼백 그릇, 일요일엔 약 사백 그릇쯤을 삽니다."

콩나물국밥을 내는 아침 시간이란 새벽 5시경부터 아침 9시경까지의 네 시간 남짓이 된다.

국밥 그릇이 손님 상 위에 놓여지기 전, 양념 · 간을 맞추는 단계는 반드시 박 여인의 손을 거쳐야 한다.

주방에선 약 10명의 여인들이 분업적으로 일을 하고 있다. 콩나물 시루에서 콩나물을 뽑아내어 물에 씻는 일, 깨끗하게 씻은 콩나물을 큰 가마솥에 넣어 알맞게 삶아내는 일, 삶아낸 콩나물과 그 콩나물 삶은 물을 따로 너벅지와 항아리에 분리시켜 간수하는 일, 밥을 지어내는 일, 뚝배기에 밥을 담고 삶아놓은 콩나물을 곁들여 넣는 일, 붉은 고추를 바수는 일, 쟁반에 몇 가지 찬을 챙기는 일, 빈 그릇을 씻는 일 등이다.

주인인 박 여인이 하는 일은 뚝배기에 담겨 나온 밥과 콩나물에 국물을 붓고 양념 · 간을 맞춰가며 적당히 끓여내는 일이다. 설 끓여도 맛이 덜하고, 너무 오래 끓여도 밥알의 진기가 빠지고 콩나물이 물러져서 맛이 없다. 뚝배기를 불 위에 놓아두는 시간과 화력의 조절을 잘 해야 한다는 것이다.

그릇 그릇의 뚝배기마다 들어가는 양념은 깨소금·고추가루·파·후춧가루 등이다. 깨소금은 늦가을에 1년분을 요량하며 미리 팔아놓은 참깨를 하루하루 쓸 만큼 정갈하게 일구어 말려서 그날그날 빻아서 쓴다. 미리 빻아 놓으면, 고소한 맛이 덜하기 때문이라고 한다. 고춧가루는 몽글게 한 가루가 아니요, 씨까지 든 통째로 성글게 빻아서 거칠거칠하게 한 것이다. 웬만큼 넣어도 독하게 매웁지 않고, 입안을 얼근히 하는 게 이 고춧가루의 맛이다. 마늘다짐도 칼 등으로 자근자근 다져 넣은 것으로 국물에서 제 맛을 제대로 풍겨준다.

이러한 양념과 더불어 새우젓과 쇠고기 자장, 그리고 신 김치를 적당히 넣어 콩나물국밥의 간을 맞춘다. 새우젓도 미리 1년분을 요량하여 유월에 잡은 새우를 사서 몇 개의 큰 항아리에 청염을 설설 쳐서 다둑다둑 담아 놓은 육젓을 쓴다. 이 육젓이라야 새우젓이 제맛을 낸다는 것이다. 신 김치도 그 시어진 정도가 문제라고 한다. 너무 시어져서 시디 신 것은 국물맛을 상하게 하고, 또 생김치를 넣으면 배추의 풋맛만을 풍긴다는 것이다. 새금새금한 신맛이 돋을만한 신 김치를 쫑쫑 잘게 썰어서 쓰고 있는 것을 볼 수 있다. 쇠고기 자장도 진간장에 담은 것으로 손으로 찢어서 쓴다.

이렇듯 박 여인이 직접 양념을 하고 간을 맞춘 한 그릇의 뚝배기 콩나물국밥이 상에 놓일 때는 뚝배기에 손을 댈 수 없게 보글보글 끓는 채로 나온다. 눈으로 보는 것만으로도 먹음직스러워, 어느덧 입안에 침이 감돈다.

그리고 콩나물 국밥의 뚝배기마다엔 또 몇 가지의 찬이 따라나오기 마련인데, 배추김치, 깍두기를 따로따로 담은 종발 두 개와, 깨소금, 고춧가루 · 파 · 화학조미료를 조금조금 자밤자밤 놓아서 곁들인 큰 접시 하나, 그리고 육젓과 쇠고기자장을 따로 담은 작은 접시 두 개가 곧 그것이다.

배추김치와 깍두기는 콩나물국밥의 반찬으로, 나머지는 각자 식성의 기호에 따라서 양념과 간의 가감을 임의로 하라는 것이다. 더 고소하게 먹고 싶으면 깨소금을 더 칠 일이요, 더욱 얼큰하게 먹고 싶으면 파와 고춧가루를 더할 일이다. 화학조미료를 즐겨 하는 이는 화학조미료를 사용할 일이요, 싫어하는 이는 접시에 놓인채 그대로 두어두면 된다. 국물의 간이 약간 싱겁다 싶으면 육젓이나 쇠고기 자장으로 자기 입에 맞는 간을 맞추어가며 먹을 일이다. 육젓이나 쇠고기 자장이 입안에서 이따금 씹히는 맛도 간간하여 입맛을 돋우어 주기도 한다.

이렇게 하여 만든 한 뚝배기의 콩나물국밥 값이 6백 원이니 한 끼의 밥값으로는 싼 것이라 하지 않을 수 없다. 뿐만 아니라, 속풀이 술 한 잔을 청하면 톱톱한 막걸리에 설탕을 넣어 끓인 술이 나온다. 이건 숫제 따끈한 감주다. 입에 달보드레하니, 술술 잘 넘어간다. 그렇다고 하여 두 잔까지는 금물이다. 술로서도 헤푸게 볼 것이 아니어서, 아침 술로는 웬만큼 술을 드는 사람도 두 잔이면 취기가 돌기 마련이기 때문이다. 술을 좋아하지 않는 분이라도 반 잔쯤은 들어볼 일이다. 아침 식욕이나 콩나물국밥의 맛을 한결 돋우어줄 뿐 아니라, 이 술맛 또한 일종의 별난 풍미가 있기 때문이다.

간밤 술로의 숙취를 깨고자 하는 이나, 속이 쓰린 이도 이 막걸리 한 잔에 콩나물국밥이면 달리 약을 쓸 필요가 없다. 그야말로 약주에 약탕藥湯이 될 테니 말이다.

나의 경우, 간밤에 술을 정도 이상 마셨거나 또 다른 일로 하여 입맛을 잃었을 때엔 언제나 '한일관' 을 찾기 마련이다. 또한 바깥 손님이 오셨을 때나, 같은 고장에 살면서도 얼마동안 만나지 못한 친구가 아침 일찍 불쑥 생각났을 때엔 아침 시간을 '한일관' 으로 약속한다.

술에 상한 속도 이곳 막걸리 한 잔에 콩나물국밥 한

그릇이면 곧바로 달래어지고, 잃었던 입맛도 돌이켜진다. 바깥 손님은 처음 들어보는 분이거나, 몇 차례 들어본 분이거나 다같이,

"어, 개운하다."

"이 담백한 맛이여."

찬탄 일색이어서 손님을 싼값의 음식으로 대접하고도 기분이 좋다.

보글보글 끓는 뜨거운 국물을 후후 불어 입안에 떠넣으며, 또 이마 땀을 닦아내면서도

"속이 시원하다."

를 연발하니, 친구들이 좋은 약이라도 먹고 있는 듯하여, 내 마음도 후련하다.

사실, 전주의 많은 사람들은 감기약 대신 얼큰한 콩나물국을 먹기도 하지만, 콩나물은 사람의 내장이나 정신을 위한 어떠한 의약적인 효험을 나타내는 성능을 가지고 있는 것인지도 모른다. 특히 콩나물 순筍은 대두황권大豆黃券이라 하여 한약재로서도 쓰이고 있지 않은가.

또 입맛이 없을 때는 각 가정에서도 콩나물죽이나 콩나물밥을 지어서 먹기도 한다. 콩나물죽은 쌀에다 콩나물을 씻어서 적당량의 물을 부어 쑨 죽으로 콩나물의 향기가 입맛을 돋우어 준다. 쌀에 콩나물을 격지격지 섞어서 밥으로 지은 콩나물밥大豆芽飯에 갖은 양념장으

로 밥그릇 한켠으로부터 척척 비벼가며 먹으면 콩나물 비빔밥과도 다른, 썩 입맛 당기는 풍미가 있다.

자리끼도 콩나물국물을 식힌 것이면 특히 술꾼들에겐 제일 가는 것으로 치지 않는가. 우물물에 콩나물을 넣고 소금만으로 간을 맞추어 끓인 것을 콩나물은 건져내어 저녁상에 콩나물 무침으로 하여 반찬으로 먹고, 국물만을 자리끼로 쓰면 된다. 밤 잠자리의 갈증이나 술에서 깨어난 갈증을 달랠 수 있는 음료로 이 콩나물 국물 자리끼를 덮어 먹을 것은 없지 않을까 싶다.

이러한 것으로 볼 때, 확실히 콩나물은 사람들의 내장에 의약적인 효능이 있는 것이라는 소박한 생각을 갖지 않을 수 없다.

이건 또 엉터리없는 비유라 할지 몰라도 콩나물과 음표는 비슷하다. 오선五線 위에 놓이는 음표의 머리되는 점은 콩나물의 대가리와 비슷하고, 그 점의 위 · 아래로 긋는 부분은 콩나물의 몸통 · 꼬리와 비슷하기 때문이다. 그래서 농담 좋아하는 젊은 친구들은 더러 콩나물 국밥은 '도레미 국밥' '도레미 탕' '도레미파 국밥' 이라고도 일컫고 있음을 본다.

콩나물이 사람의 정신을 맑혀줌에 있어 음악과 같은 효력이 있는 것인지도 알 수 없다. 전주를 우리 국악의 발상지라고들 하는데, 국악과 콩나물의 연줄을 놓고 생각해 볼만 하다면 허풍선이의 소리랄지 모르겠다.

각설하고, 맑은 지하수로 뿌리에 잔털없이 기르는 전주의 콩나물, 그 콩나물을 주원료로 한 콩나물국밥, 그 콩나물국밥은 나의 단골집 '한일관' 박 여인의 솜씨를 믿고 자랑하여 제일로 꼽지 않을 수 없다.

전주의 콩나물비빔밥

우리 나라에서도 호남지방은 특히 곡창지대로 유명하다. 그런대로 알맞게 산이 솟아 있고 또 바다를 끼고 있어 예로부터 산과 바다의 물산이 풍부했다. 뿐만 아니라 기후 또한 사철을 두고 온난한 편이어서 사람이 살만한 소위 가거지可居地였고, 이에 따라 일찍부터 문물이 성히 발달하였다. 그 중에서도 음식문화라는 말을 쓸 수 있다면 이 음식문화가 전국에서 가장 먼저 발달하여 온 곳이 호남지방의 전주가 아니었을까 생각한다.

《중용中庸》에 보면 맹자의 말씀으로 '인막불음식야人莫不飮食也나 선능지미야鮮能知味也'라고 적혀 있다. 사람마다 음식을 취하지 않는 사람은 없으나 그 음식의 참맛을 아는 사람은 적다는 뜻이다. 전주사람들은 흔히들 상머리에서 음식 맛에 관한 이야기를 자주 하는 것을 들을 수 있다. 그만큼 이 고장 사람들은 음식을 취하되

맛을 알고 취하는 음식맛장이라고 할 수 있지 않을까.

"콩나물국 맛이야 한일관이 제일이지."

"아니야, 내 입맛에는 남문시장 옷점 골목 안 콩나물 국밥이 맛던데……."

아침 해장으로 콩나물 국밥을 먹으면서도 맛 타령이다. 옷점 골목 안 콩나물국밥에는 꼴뚜기나 오징어를 잘게 썰어넣어, 그 씹히는 맛이 또한 일품이라는 것이다.

"콩나물국밥은 담백한 맛이 있어야지. 뭐니뭐니 해도 한일관 콩나물 국맛이야, 먹어서 개운하고 술속 또한 개운하게 풀리지."

점심의 비빔밥 상머리에 앉아서도 맛타령이다.

"옛날 비빔밥 맛이어야 말이지."

"왜, 한국집의 비빔밥은 그래도 전주 비빔밥 맛이지."

"옛 격식대로는 못한다던데. 그 솜씨를 다 내려면 비빔밥 한 그릇에 5천 원을 받아야 한다는데. 그럼 누가 와서 먹어줄 거야."

사실, 도나 시 당국에서도 전통적인 향토 미각을 보존하고 되살리려고 여러 면으로 마음 쓰고 있지만 제대로 안된다고 한다. 그 이유의 하나로는 값 문제도 있다는 채낙현蔡珞鉉 보사국장의 이야기이다.

전주 비빔밥 맛이 옛날과는 달라져 버린 것도 사실이다. 좋은 의미로 개화라면 개화랄 수도 있겠지만, 이 음식 맛만은 보수적인 특색을 잃지 않았으면 하는 아쉬움을 내 입맛으로도 어쩔 수 없다.

당대 부자로 집은 호화롭게 꾸밀 수 있어도 음식의 맛치레를 하려면 3대에 걸친 부자가 되어서야 할 수 있다는 말이 있다. 《전론典論》은 이 뜻의 말을 '일세장자지거처一世長者知居處나, 삼세장자지복식三世長者知服食'이라고 했다. 아무리 생각해도 수천년을 두고 맛깔지게 가꾸어온 이 고장 전주의 전통적인 음식 맛이 개화일로로 내닫고 있다는 것은 아쉬운 일이라고 하지 않을 수 없다.

전주의 비빔밥은 예로부터 유명했다. 최남선崔南善의 《조선상식문답》은 지방의 명식名食으로 '전주 콩나물밥, 전주 비빔밥'을 들고, 또 최영년崔永年의 《해동죽지사海東竹枝辭》는 해주海州의 비빔밥을 교반交飯이라 하여 유명하다고 하였다.

특히 그는 해주 비빔밥을 '난향불양오신반暖香不讓五辛盤'이라고 노래하고 있지만 이것은 아마도 전주 비빔밥의 참맛을 미처 맛보지 못하고 한 말인 것 같다.

해주의 '교반'은 이제 북쪽의 것이니 맛볼 길이 없지만, 진주의 비빔밥은 지난 여름에 우연히 한 그릇 맛볼 기회가 있었다.

그것이 진주 본바탕 맛을 낸 비빔밥인지 아닌지는 첫

나들이 길이어서 알 수 없었으나 내 입맛에는 자주 젖어 본 전주의 '중앙회관' 비빔밥 맛보다는 덜하였다.

음식맛을 챙겨 먹는 사람들은 식성따라 맛따라 단골집을 정해 두기 마련이다. 별로 까다로운 식성이라고는 생각하지 않지만 나도 내 나름의 맛에 따라 몇 군데의 단골집을 가지고 있다. '한일관'의 콩나물국밥, 중앙회관의 비빔밥 등이 그러하다.(이따금은 '한국집'의 비빔밥을 즐겨 찾는다)

중앙회관은 그 이름에서는 비록 회관이란 말로 옛티를 벗고 있으나, 안으로 들어서면 옛맛을 은은히 풍겨주고 있다. 전주 한복판이 되는 중앙동의 현 위치에서 이 집이 비빔밥을 전문으로 내놓기는 12, 3년 전부터였다.

주방 부인 남궁정례南宮貞禮 씨는 이 집에 들기 전에도 전주역인 오거리 '명동집'에서 콩나물 비빔밥으로 손님들의 입맛을 끌기도 하였다. 그때는 번질나게 그 집을 드나들진 못했으나, 현 위치의 '중앙회관'으로 옮긴 후부터는 몇 째 안가는 단골손님이라고 자부해도 좋을 만큼 이 집을 드나들고 있다.

이 집의 2층 별실에 자리하고 보면 방안 분위기부터가 안온하여 마음에 든다. 벽면의 고서화古書畵와 또한 장속에 진열된 여러 가지 골동품이 옛 맛을 풍겨주기도 한다. 소장품이 5백 점이라니 가히 '미술관', '박물관'

의 칭호를 들을만도 하다.

내가 들어가면 으레 물어볼 것도 없이 비빔밥이다. 바가지만한 곱돌 그릇에 담긴 비빔밥이 상 위에 놓이면 수저를 들기 전부터 입맛이 일렁인다. 옛말에도 '음식을 즐기려면 그릇부터 골라 써야 한다' 고 했지만, 이 집의 곱돌 그릇은 이 옛말을 다시 상기시켜 준다. 곱돌도 이 고장 장수長水에서 난 곱돌이다.

묵중한 곱돌 그릇을 앞으로 당기면 우선 안에 든 비빔밥의 빛깔과 냄새가 눈과 코에 들기가 바쁘게 온통 미각을 자극한다.

수저를 들어 슬슬 비벼가며 여기에 배합된 재료들을 살펴본다. 철따라 다른 것이 있기 때문이다. 그러나 언제나 변치 않는 것은 아끼바리 쌀로 지은 밥과 쇠고기 육회, 콩나물, 청포묵, 고추장 그리고 간장맛이다. 아끼바리 쌀이 아니면 자르르 흐르는 윤기와 고들고들한 밥의 제 맛을 낼 수 없다고 한다. 이 쌀을 가지고도 원래는 쇠사골뼈의 육수로 밥을 지어야 하는데, 이렇게 하는 것만으로도 현재 한 그릇에 1,300원인 값으로 타산이 안맞는다고 한다. 그러나 주방 부인의 자랑은 은근히 고추장과 간장을 내세운다. 순창淳昌 고추장 못지 않게 맛을 낸 고추장을 빚어 쓴다는 것이며, 간장도 5년 이상 묵혀 쓴 접장이라는 것이다.

재료를 골라서 쓸 줄 아는 이 부인은 한 그릇의 비빔밥을 위한 이 밖의 재료들 —참기름, 깨, 미나리, 상치, 쑥대기, 오징어채, 해삼채, 밤채, 잣, 은행, 호도, 계란 반자, 부추 등등— 도 하나하나 마음을 써서 제철에 골라 사들여서 마련해 두었다가 사용한다는 것이다.

가령 참기름, 깨소금도 시장에서 파는 것을 바로 사다가 쓰는 것이 아니고, 제철에 상품의 깨를 골라 사두었다가, 잘 이루고 말려 기름집에 가서 직접 짜온 참기름이요, 또한 자기 손으로 빻은 깨소금이라는 것이다. 화학 조미료를 쓰지 않은 것도 이 집 비빔밥의 특색이다. 그러나 화학 조미료를 찾는 손님에겐 언제나 내어놓는다.

이렇듯한 주방 부인의 마음 씀도 입맛을 당기거니와 이들 재료들을 양념 다지기로 볶아 담은 밥 위에 모듬모듬 모아 한 그릇으로 배합해 놓은 태깔있는 솜씨에서도 입맛이 당기지 않을 수 없다.

한 수저 내기를 잘 공글려서 입안에 덥썩 넣어 저작咀嚼을 시작해 본다. 이 맛이라니 어떠한 한 마디로 표현할 수가 있으랴.

본래 미각엔 다섯 가지의 것이 있다고 했다. 신맛(酸), 쓴맛(苦), 단맛(甘), 매운맛(辛), 짠맛(鹹)이 곧 그것이다. 그러나 이 어느 것으로도 표현할 수 없다. 새큼한 맛이랄 수도 없고, 쌉싸름한 맛이랄 수도 없고, 달작지근한 맛이랄 수도 없고, 매큼한 맛이랄 수도 없고, 간간한 맛이랄 수도 없다.

하여튼 저작하기가 바쁘게 술술 목을 넘어가는데 그 맛, 그 향기를 무어라고 딱 꼬집어 말할 수 없는 맛이다. 고소한 맛도 돋는 듯하고, 생생한 맛도 돋는 듯하고, 알싸한 맛도 돋는 듯하여, 입안이 온통 즐겨 움직이는데 이 맛을 꼬집어 형언할 길이 없다. '맞바람에 게 눈 감추듯 한다' 는 감식甘食의 표현이 있다. 이 집 '중앙회관' 의 비빔밥 한 그릇을 비우는 시간도 '맞바람에 게 눈 감추듯' 한 시간쯤으로 표현하여도 그다지 큰 포(대포—거짓말)가 된다고는 생각지 않는다.

몇 수저를 떠 넣었나 헤일 길도 없이 금방 곱돌 그릇은 밥 한 톨 없이 비워지고 만다. 따라 나온 반지라기 콩나물 국물을 마시고 나면 그제야 속이 든든하게 차오르며 한 그릇의 밥을 다 비웠지 하는 생각이 든다.

위에 든 재료들을 생각해 보면 이 한 그릇의 비빔밥은 밥이 아니라 바로 고도의 종합 영양제라고 하여도 마땅하지 않을까.

아무튼 입맛이 시원찮을 때도 이 비밤밥 앞에 앉으면 입맛이 돋기 마련이다. 중앙회관을 단골집으로 내가 자주 드나드는 까닭도 여기에 있다.

이러한 비빔밥을 즐기며, 가끔 전주 비빔밥의 유래도 생각해 본다. 문헌에서 찾아보아도 아직 이렇다는 것이 눈에 띄이질 않는다.

동양의 음식 풍속을 연구하는 일본의 마키 히로시(槇浩史) 박사는 걸인의 걸식으로부터 비빔밥이 유래된 것이라는 말을 들려 준 일이 있다. 즉, 거지가 바가지 하나만을 들고 이집 저집의 문전으로 돌며 밥을 빌 때 어느 집에선 쌀밥을, 또 어느 집에선 식은 보리밥을 주고, 또 몇 집에선 밥 대신 김치나 다른 반찬을 주었을 것이며, 이것들을 한 바가지에 담아들고 움집으로 돌아온 그 거지는 아예 밥과 찬을 바가지 안에서 비벼 가지고 먹었을 것이라는 것이다. 그럴 법한 이야기다.

또 한편 달리 생각해 볼 수도 있다. 옥 속에 갇혀 있는 죄수에게 밥을 넣어주는 데 밥 따로 찬 따로가 아닌 한 그릇 속에 담아 주다가 어쩌다 맛을 보니 별미가 돈자, 여러 가지 양념을 곁들인 비빔밥으로 발전을 보게 된 것이라고!

그러나 아무래도 이 고장 전주 비빔밥의 유래로는 개운한 것이 못 된다.

우리들 음식의 다양화는 농경 시대로 접어 들면서부터라고 할 수 있다면, 이 비빔밥도 농경사회의 들일과 관계있는 것이라고 볼 수 있지 않을까.

씨앗을 뿌리고 기음을 매는 등의 밭일인 경우도 그렇지만, 모내기철이나 추수철 논일의 경우를 보아도 농촌은 바쁘기만 하다. 이 철이면 '부엌의 부지깽이도 덩달아 뛴다'는 속담도 있을 정도이다. 바로 집문 앞의 논밭에서 일하는 것도 아니요, '재 넘어 사래 긴' 논밭을 갈고 심어야 하는데, 점심을 때우자고 다시 재 넘어 있는 집에까지 왔다갔다 한다는 것은 대단히 비능률적인 일이었을 것이다.

이에 등장하게 된 것이 밥동구리가 아니었을까. 처음엔 밥그릇, 찬그릇 따로 따로 챙겨 밥동구리를 머리로 이어 나르다 보니 이 또한 아낙네의 고개는 고개대로 견딜 길이 없고 역시 비능률적인 일이었을 것이다.

밥동구리에 담아 나를 그릇 수를 줄이고도 맛은 맛대로 즐길 수 있고, 영양분은 영양분대로 취할 수 있는 묘안은 없을까고 솜씨있는 아낙네가 생각해 낸 것이 바로 이 비빔밥이었을 것이다. 이 고장 전주를 비롯하여 비빔밥이 유명하다는 진주나 해주가 모두 낮으막한 고개, 넓은 들을 끼고 있다는 그 지형을 놓고 볼 때도 들일→밥동구리→비빔밥으로, 비빔밥의 유래를 생각하는 것이 옳거니 싶다.

따라서 비빔밥에 쓰이는 재료는 철따라서도 다를 수 있었을 것이다.

오늘날 이 고장의 비빔밥도 음식점 주방 부인이나 숙수에 따라 약간씩은 다른 요리법과 맛을 내어 주고 있는 것을 볼 수 있다.

도로 정비로 집이 헐리어 전북 예술회관 거리로 옮겨 차린 '한국집'의 비빔밥, 역시 도로 정비로 집을 옮겨야 할 '한일관'의 비빔밥, 전주역 앞 오거리 근처의 '한국관'의 비빔밥, '중앙회관'에서 가까운 자리에 있는 '성미당'의 비빔밥이 모두 전주 비빔밥의 맛을 대표하여 오고 있다. 이들이 가지고 있는 공통적인 미각을 맛볼 수도 있지만, 또 집집마다 지니고 있는 특성 같은 것도 찾아볼 수 없는 바 아니다.

나의 경우, 단골집은 '중앙회관'이다. 방안의 분위기로도, 주방 부인 남궁정례 씨의 솜씨로도 나는 쾌적하게 한 그릇의 비빔밥을 즐겨 먹을 수 있기 때문이다.

값이 문제라니 딱한 일이나, 우리 고장 음식점들이 좀더 향토의 전통적인 미각을 가꾸어 나가는 일에 다같이 마음 써 주었으면 싶다.

태극선과 합죽선

해마다 여름철에 접어들면 전력에너지 사정이 어렵다는 소리가 높다. 바로 지난해의 여름만 해도 적정 전력예비율 15%의 절반에도 못 미치는 6% 밖에 되지 않는다하여, 에어컨이나 선풍기 대신에 부채를 사용하자는 캠페인이 벌어지기도 하였다.

올여름에는 아직 납량에너지에 대한 걱정의 소리는 들리지 않는다. 지난해에 비하여 전력 사정이 좋아진 것인가, 다행스러운 일이다.

잠시, 우리네 사람살이를 생각해 본다. 어려운 형편일 때엔 고맙게 알던 것도 그 형편이 좀 펴지면 곧잘 잊어버린다. 그리고 좋아진 형편에서 새롭고 편리한 것만을 추구하게 된다.

부채를 놓고 보아도 그렇다.

'여름 선물은 부채요, 겨울 선물은 책력이다' 라는 옛말이 있듯, 옛날의 여름살이엔 얼마나 고마운 부채였던가.

그러한 부채가 선풍기 바람에 우리의 주변에서 멀어지게 되었고, 이제는 선풍기도 에어컨으로 하여 그 인기도가 떨어진 형편이다.

하긴 옛날에도, '가을 부채'라는 말이 있었다. 무더운 여름철엔 챙기다가도 서늘한 가을바람이 일기 시작하면 업신여기는 게 부채라는 것이다. 이젠 에어컨의 바람이 일고 있는 세상이니 여름철의 부채도 영영 '가을 부채'의 신세가 되고 말 것인가.

옛 기록에는 '단오진선端午進扇 · 단오사선端午賜扇'이란 말도 있다. 여름으로 접어든 단오절이면 공조工曹를 비롯, 부채의 명산지로 유명한 전라 · 경상도의 감영監營이나 통제영統制營에서는 많은 부채를 만들어 진상하게 되고, 임금은 진상해온 부채를 단오날 조정의 여러 신하들에게 하사하는 풍습에서 나온 말이다. 단오에 맞추어 위로 올리고 단오날 아래로 내리는 진선進扇이나 사선賜扇을 일반적으로 '단오 부채(端午扇)'라 이르기도 하였다.

이로써 보면 단오 부채는 납량에너지의 공급원이었던 셈이다.

부채의 종류도 다양했던 것을 볼 수 있다.

일찍이 최상수 교수가 수집 · 분류한 바에 의하면, 크게는 방구부채, 접부채의 두 가지로 나누고, 다시 방구부채 17종, 접부채 28종으로 세분하였다. 방구부채는 둥글부채(團扇), 접부채는 쥘부채(摺扇)로 일컫기도 한다. 둥글부채는 태극선과 같이 둥글게 만든 부채요, 쥘부채는 합죽선과 같이 접었다 폈다 하게 만든 부채다.

오늘날 태극선이나 합죽선이라면 전주의 것을 으뜸으로 꼽는다. 그만큼 이 고장의 부채는 예로부터 전통이 있다. 미당 서정주 선생은,

> 전주에서 요새도
> 관광객 선물용으로 더러 만들어 내는
> 그 합죽선의 합죽合竹의 의미도
> 물론 만파식적萬波息笛의
> 그 문무왕과 김유신의 혼의 합죽의
> 그 합죽입지요.

로 전주의 합죽선이 생겨난 이야기를 멀리 거슬러 올라가 시화한 바 있다.

태극선은 양면에 태극무늬가 놓인 부채다. 붉은빛과 푸른빛의 비단을 태극무늬로 오려 붙여 만든 둥글부채다. 붉은빛은 해와 부귀를, 푸른빛은 희망을 의미한다. 이는 우주의 생성원리로 보는 태극사상에 뿌리를 둔 상

징이라고 한다.

마당에 물 뿌려라
손에 태극선
내 잠깐 다리미질을 할 동안
착한 아들아
너는 반딧불을 쫒으렴으나

임학수 시인이 읊은 〈태극선〉마따나 지난날의 할머니 · 어머니들의 여름살이엔 으레 태극선이 따랐다. 한더위엔 마당에 물 뿌리고 발을 친 마루에 앉아 태극선으로 살랑살랑 더위를 날리고, 삼베옷 · 모시옷의 다리미질에 불기를 돋우고 불티를 활활 날리는 데에도 태극선은 사용되었다.

뿐이던가. 아들 · 손주가 밥먹는 동안 옆에서 시원한 바람을 보내기 위해서도 어머니 · 할머니의 손에는 태극선이 들렸었다.

태극선과 비슷한 까치선도 볼 수 있다.

둥글부채의 양면에 X자형으로 금을 그어 네 구역이 되게 하고, 위 · 아래는 붉은 빛, 왼편은 누른빛, 오른편은 푸른빛의 비단을 발라서 만든 부채다. 어린시절에 본 바로는 누나들이 이 부채를 갖기 좋아했다.

합죽선은 사랑채에 따르기 마련이었다.

그리고 옛날의 선비나 깨끗한 벼슬아치들은 여름철이 아닌 나들이에도 합죽선 갖기를 좋아하였다. 부채 선扇자의 음이 착할 선善과 통하고, 합죽선의 접힌 모양이 잉어와 같음을 좋아한 것이다.

잉어는 죽으면서도 꼼지락거리지 않고 굳세게 죽는다해서 그 기개를 높이 샀다.

어느 해의 여름이었던가. 하루는 친구의 그림이 담긴 합죽선을 바라다가, 어설픈 시 한편을 엮은 바 있다.

달맞이하는 마음으로
합죽선을 펼치면
부챗살에 담긴 한 폭의 산수가
일어서
물흐름같은 이야길 안고
달처럼
떠오네.

부채잡이 선초扇貂에선
고려의 소리가 일고
낙죽烙竹의 속살 새론
조선 선비의 얼굴이 뵈네

바람도
뿌리도 있음을
합죽선은
일러주네.

가 곧 그것이다.

태극선 · 합죽선은 바라보는 것만으로도 미감이지만, 사실 땀과 더위를 날려주는 시원한 맛 또한 선풍기나 에어컨에 비길 것이 아니다.

편리한 것을 좇다보면 왕왕 정취를 잃게 되는 것이 아쉽다.

돗자리와 부들부채

어딜 가나 더위 타령이다. 50년만의 더위라기도 하고, 말 좋아하는 사람들은 찜통더위 · 가마솥더위라고도 한다. 신위申緯의 〈더위타령〉이 떠오른다.

올여름 더위는 불로 달구어내는 듯
중복이 지났는데도 그 기세 더하구나.

방죽바닥 갈라터져 거북등이 되었고
붉은 햇볕에 기왓장도 다 튀었네
파촛잎 다 말라 끄덕도 하지 않고
열린 배도 시들어 마른 잎에 감싸였네.

옛날의 두보杜甫는 미친 듯이 외쳤다지만
이 더위엔 눕지도 앉지도 못 하겠네.

150년도 더 되는 옛날의 노래다. 19세기 초엽의 그 어느 해 더위가 저렇듯 야단스러웠던 것인가.

올여름의 더위는 이른 더위라 하니, 아직도 남은 여름 얼마나의 발광일까. 오늘도 숨이 막힐 지경이다.

대처에 나와 산다는 게 오히려 좁은 공간에서의 삶이다. 무더운 여름철을 맞게 되면 어린시절 고향에서의 여름살이가 그리워지기만 한다. 바로 오늘도 그렇다.

우물물도 얼마나 차가운 물이었던가. 그 물로 등멱을 하고 대청마루의 돗자리 위에 누워 부들부채를 흔들면 웬만한 여름더위도 물러서기 마련이었다.

돗자리를 흔히 초석草席으로도 불렀다. 짚이 아닌 왕골(莞草)이나 골풀(燈心草)이 재료였는데도 초석이라 불렀다. 유명한 강화도의 화문석花紋席이나 등메를 알게 된 것은 뒷날의 일이다. 이홍우李興雨는 그의《한국의 연륜》에서, 전문가의 말을 인용하여, 강화도의 화문석도 두 종류가 있다고 했다.

— 하나는 하점면 양오리에서 생산하는 왕골을 재료로 하는 꽃돗자리요. 다른 하나는 교동면 읍내리에서 골풀을 재료로 하는 등메이다.

가 곧 그것이다. 어린시절 집에서 쓰던 돗자리도 왕

골의 줄기를 쳐서 만든 것이다. 화문석에서 볼 수 있는 십장생문十長生紋이나 만화문萬花紋 · 색자문色字紋 등은 볼 수 없었다. 그러나 왕골의 마른 껍질 자체가 지닌 노른 빛이나 거기에 고운 때가 배인 빛깔도 아름답기만 했다. 집에는 왕골논이 있었다. 그곳에서 난 왕골로 해마다 한두장의 돗자리를 쳐서 사용하였던 것이다.

마을에는 돗자리장사가 드나들기도 하였다. 왕골돗자리뿐 아니라 부들자리(蒲) · 등메 · 부채 등을 아울러 지고 다니며 파는 것을 볼 수 있었다. 뒷날에야 알게된 등메장사의 옛노래도 있다. 다음과 같은 문답체의 노래다.

— 댁들이여 자리 등메 사오셔.

— 장사야 네 등메 값이 얼마나 가냐. 사 깔아보자.

— 두 필疋 싼 등메 한 필 값 받습네.

— 한 필이 못싸니(싸지 않으니) 반 필 받소.

— 반 필 아니 받습네. 하 웃은 말 마소. 한 번만 사 깔아 보시면 매양 사 깔자 하오리.

사설시조에 엉뚱한 농담까지도 곁들여 놓았다. 어쨌든 여름살이에 있어 돗자리는 더위를 가시게 하는 용품이었던 것만은 사실이다. 돗자리는 습기를 흡수하고 땀을 제거하여 주기 때문이다.

나의 어린시절만 해도 선풍기란 것이 어디 있었던가. 부채도 귀한 때였다. 물론 쥘부채나 둥글부채가 없었던 것은 아니다. 그러나 이런 부채를 허드레로 쓸 수는 없었다. 귀한 손님에게나 내어 놓았다. 집안 식구들이 허드레로 쓸 수 있는 것은 부들부채였다.

부들부채란 늪이나 연못가에서 자생하는 부들(香蒲)의 줄기를 말려서 부채골로 결어 만든 것이다. 종이 선면扇面의 부채만은 못해도 가볍고 바람도 잘 일으켜준다. 파리나 모기를 날리고 때로는 때려잡는 데도 좋은 채의 구실을 하여 주었다. 종이부채로 파리나 모기를 잡기는 어려워도 부들부채로 고누었다 하면 개개이 잡히기 마련이었다.

여름철 나들이에도 부들부채를 들면 햇볕의 그늘을 짙게 할 수 있어 좋았다. 뒷날 윤선도의 시조.

> 와실蝸室을 바라보니 백운이 둘러 있다
> 부들부채 가로쥐고 석경石逕으로 올라가자
> 어옹漁翁 한가터냐 이것이 구실이라.

에서 부들부채의 등장을 보고 깜짝 반가웠다. 〈어부사시사〉의 여름노래(夏詞)에 들어 있는 한 수다. 저때의 고산이 실제로 어떠한 부채를 들었던 것인가는 단언할 수 없다. 그러나 고산의 보길도甫吉島 여름 생활에서, 특히 저 산길이나 돌길에의 소요라면 쥘부채인 합죽선보다도 부들부채가 어울릴 수밖에 없다. 햇볕을 가리기에도 좋고 물것들을 날리는 데에도 다른 부채가 부들부채를 당하겠는가.

옛 어른들은 갈대(葦)로 부채를 만들어 쓰기도 하였다. 실물을 본 바는 없으나 양촌 권근權近의 시에서 갈대부채를 볼 수 있다.

> 갈대를 결어 부채를 만드니
> 파리를 쫓는 데는 없을 수 없구나
> 무늬는 오히려 소박하고
> 마디는 꿋꿋한 품성이로다
> 흔들어 부치면 맑은 바람 일어나고
> 잡으면 자루가 곧곧하도다
> 가벼운 먼지는 막을 만한데
> 가을철 당함이 가엾구나.

그것이다.

가을에 부채란 쓸모가 없다하여 추선秋扇이란 말도 있어 왔다. 남자의 사랑을 잃은 여인을 추풍선秋風扇이라

한 것도 그 신세를 가을의 부채에 비겨 말한 것이다. 위의 시에서,

가을철 당함이 가엾구나.

도 갈대부채를 여인으로 의인화한 것이 된다. 지금은 '추선' 이고 '추풍선' 이고 쓸 데 없는 말이 되었다.

선풍기도 이제는 옛것이 되고 에어컨이 사랑받는 세상 아닌가.

그러나 올해같은 더위 타령에 에어컨 앞에 앉아보아도, 더위를 날리는 맛이 내 어린시절 남북으로 트인 대청마루에서 돗자리 깔고 부들부채 부치며 날리던 것에 비길 수는 없다. 이내, 그 바람은 몸을 가볍게 하여주기보다도 찌부드드하게 하여주기 때문이다.

돗자리와 부들부채에서도 옛 어른들의 멋과 슬기같은 것을 느끼게 된다.

■ 연보

1931년 전라북도 남원군 사매면 449번지에서 최성현崔成賢·홍덕순洪德順을 어버이로 태어나다.

1937년 할아버지 고은古隱 최장자崔壯字로부터 《추구推句》를 배우고, 다음해엔 《소학》을 읽다.

1949년 중학교 고등학교의 과정을 두 차례 월반하여 4년 만에 남원농업고등학교를 마치다.

1950년 6·25전쟁 때 보병 제11사단 제13연대에 위관급 문관尉官級 文官으로 종군하다.

1953년 신석정辛夕汀 시인의 장녀(一林)와 혼례를 올리다.

1954년 전북대학교 문리과대학 국어국문학과를 졸업하다. 전북대학교 상장 제1호로 총장상을 받다.

1955년 전북대학교 신문사 편집주임의 일을 보다.

1956년 전북대학교 대학원에서 〈계축일기癸丑日記의 연구〉로 문학석사 학위를 받다.

1957년 전북대학교 전임촉탁강사가 되다.

1958년 《현대문학現代文學》에 시조시 〈설경雪景〉 〈소낙비〉 〈등고登高〉를 발표, 문단에 오르다.

1962년 전라북도 문화상 수상.

1965년 전북대학교 조교수가 되다.

1966년 일본 UNESCO 국내위원회 초청으로 도일渡日, 2개월간 일본의 문학계 · 학계 · 언론계 및 유네스코 활동을 살펴보다.

1967년 전주 UNESCO 협회 상임 이사로서 협회기관지 《도정道程》의 편집을 맡다. 통권 18호까지 발행하다.

1969년 한국문인협회 전북지부장의 일을 맡다.
동인지 《전북문학全北文學》을 주관하여 현재(2005. 6) 통권 228호를 발행하다.

1970년 일본 교토(京都)에서 개최된 국제이해교육회의國際理解敎育會議에 참석하다.

1971년 한국문화단체총연합회 전북지부장의 일을 맡다.
전북대학교 부교수가 되다.

1972년 한국문화재보호협회 전북지부장의 일을 맡다.
전라북도 도정자문위원이 되다.
전주시 문화상 수상.

1974년 전북대학교 교양과정 부장의 일을 맡다.

1975년 전북외솔회장의 일을 맡다.

1979년 전북대학신문사 주간협의회 동남아 시찰단의 일원으로 필리핀 · 대만 · 홍콩 등지를 돌아보다.
정운시조문학상 수상.

1980년 전북대학교 대학원에서 《한국수필문학연구韓國隨筆文學硏究》로 문학박사학위를 받다. 전북대학교 대학원 국어국문학과 주임교수의 일을 맡다.

1981년 일본 도쿄(東京)에서 개최된 제11회 '세계평화에 관한 국제학술회의' 에 참가하다.
중화민국 타이페이(臺北)에서 개최된 제1회 '한 · 중

작가회의'에 참가하다. 대한교원공제회 이사理事가 되다.

1982년 미국 필라델피아에서 개최된 세계평화교수협의회 주최의 국제학술회의에 참가하다.

1983년 서울신문사 향토문화대상 수상.

1984년 국제 P.E.N. 클럽 도쿄대회에 참가하다.

1985년 전북대학교 인문과학대학 학장의 일을 맡다. 한국현대신인상 수상.

1986년 전주지방법원 조정위원의 위촉을 받다.

1987년 미국 뉴욕에서 개최된 국제문화재단 주최의 국제학술회의에 참가하다.
전북대학교 사회교육연구소 소장의 일을 맡다.
학농시가문학상 수상.

1989년 가람시조문학상 수상.

1990년 전북대학교 교무처장의 일을 맡다.
전북대학 교수 국외연수단의 일원으로 모스크바 · 소피아 · 런던을 돌아보다.

1992년 전북대학교 동창대상 · 춘향문화대상 수상.

1993년 일본 가고시마 · 규슈지방을 돌며 16세기 조선도공朝鮮陶工의 발자취를 살펴보다.
황산시조문학상 수상.

1994년 일본 아이치현 중부대학에서 개최된 비교민속학회 주최의 동계민속학 연구 발표회에 참가하다.
목정문화대상 수상.

1995년 한국문학상 수상.

1996년 전북대학교를 정년으로 퇴임하다.

전북대학교 명예 교수가 되다.
일본 도쿄에서 개최된 제16회 세계시인회의 일본대회日本大會에 참가하다. 국민훈장 석류장.

1997년 한국수필문우회 방중시찰단訪中視察團의 일원으로 중화민국을 둘러보다. 전주스타상호저축은행 부설 고하문예관古河文藝館 관장의 일을 맡다.
동아일보사 동아문화센터 주최 우즈베키스탄 사진촬영 행사에 참가하다.

1999년 몽골 울란바토르에서 개최된 제7차 아시아 시인대회에 참가하다. 민족문학상 수상.

2000년 일본 도쿄에서 개최된 지구사地球社 주최의 '세계시제世界試祭, 2000도쿄' 에 참가하다. 한림문학상 수상.

2001년 홍콩에서 개최된 동방시화학회東方詩話學會주최 국제학술발표대회에 참가하다. '전주 · 지바(千葉) 문화교류회' 대표의 일을 맡다.

2002년 일본 오사카에서 개최된 '시조를 듣는 모임' 에 히로오카 후미(廣岡富美) 초청으로 참석하다.

2002년 일본 도쿄에서 개최된 '하늘 하우스(ハヌル ハウス) 발족기념 심포지엄' 에 침석하다.(12월)

2002년 세계서예전북비엔날레 조직위원장을 맡다.

2003년 일본 미야자키 현대시연구회 '미완未完의 모임' 에 참가, 〈시조에 대하여〉를 이야기하다.

2005년 일본 미야자키(宮山奇) '미완未完의 모임' 초청으로 시집《몽골기행》일역본 출판의 축하를 받다.(1월)

2005년 세계평화시인대회(8. 11~15일, 신라호텔 · 만해마을 · 금강산 호텔)에 참석하다.

남원의 향기

초판 1쇄 발행 / 1982년 6월 15일
2판 1쇄 발행 / 2005년 10월 1일
3판 1쇄 발행 / 2011년 5월 15일

지은이 / 최 승 범
펴낸이 / 윤 형 두
펴낸데 / 범 우 사

등록번호 / 제406-2003-048호
등록일자 / 1966년 8월 3일
주소 / 413-756 경기도 파주시 교하읍 문발리 출판단지 525-2
전화 / 대표 031-955-6900~4, 팩스 / 031-955-6905

* 잘못된 책은 바꾸어 드립니다.

ISBN 978-89-08-06214-6 04800 (인터넷)www.bumwoosa.co.kr
978-89-08-06000-5 (세트) (이메일)bumwoosa@chol.com

70 근원수필 김용준
71 이방인 A.카뮈/이정림
72 롱펠로 시집 H.롱펠로/윤삼하
73 명사십리 한용운
74 왼손잡이 여인 P.한트케/홍경호
75 시민의 반항 H.소로/황문수
76 민중조선사 전석담
77 동문서답 조지훈
78 프로타고라스 플라톤/최현
79 표본실의 청개구리 염상섭
80 문주반생기 양주동
81 신조선혁명론 박열/서석연
82 조선과 예술 야나기 무네요시/박재삼
83 중국혁명론 모택동(외)/박광종 엮음
84 탈출기 최서해
85 바보네 가게 박연구
86 도왜실기 김구/엄항섭 엮음
87 슬픔이여 안녕 F.사강/이정림·방곤
88 공산당 선언 K.마르크스·F.엥겔스/서석연
89 조선문학사 이명선
90 권태 이상
91 내 마음속의 그들 한승헌
92 노동자강령 F.라살레/서석연
93 장씨 일가 유주현
94 백설부 김진섭
95 에코스파즘 A.토플러/김진욱
96 가난한 농민에게 바란다 N.레닌/이정일
97 고리키 단편선 M.고리키/김영국
98 러시아의 조선침략사 송정환
99 기재기이 신광한/박헌순
100 홍경래전 이명선
101 인간만사 새옹지마 리영희
102 청춘을 불사르고 김일엽
103 모범경작생(외) 박영준
104 방망이 깎던 노인 윤오영
105 찰스 램 수필선 C.램/양병석
106 구도자 고은
107 표해록 장한철/정병욱
108 월광곡 홍난파
109 무서록 이태준
110 나생문(외) 아쿠타가와 류노스케/진웅기
111 해변의 시 김동석
112 발자크와 스탕달의 예술논쟁 김진욱
113 파한집 이인로/이상보
114 역사소품 곽말약/김승일
115 체스·아내의 불안 S.츠바이크/오영옥
116 복덕방 이태준
117 실천론(외) 모택동/김승일
118 순오지 홍만종/전규태
119 직업으로서의 학문·정치 M.베버/김진욱(외)
120 요재지이 포송령/진기환
121 한설야 단편선 한설야
122 쇼펜하우어 수상록 쇼펜하우어/최혁순
123 유태인의 성공법 M.토케이어/진웅기
124 레디메이드 인생 채만식
125 인물 삼국지 모리야 히로시/김승일
126 한글 명심보감 장기근 옮김
127 조선문화사서설 모리스 쿠랑/김수경
128 역옹패설 이제현/이상보
129 문장강화 이태준
130 중용·대학 차주환
131 조선미술사연구 윤희순
132 옥중기 오스카 와일드/임헌영
133 유태인식 돈벌이 후지다 덴/지방훈
134 가난한 날의 행복 김소운
135 세계의 기적 박광순
136 이퇴계의 활인심방 정숙
137 카네기 처세술 데일 카네기/전민식
138 요로원야화기 김승일
139 푸슈킨 산문 소설집 푸슈킨/김영국
140 삼국지의 지혜 황의백
141 슬견설 이규보/장덕순
142 보리 한흑구
143 에머슨 수상록 에머슨/윤삼하
144 이사도라 덩컨의 무용에세이 I.덩컨/최혁순
145 북학의 박제가/김승일
146 두뇌혁명 T.R.블랙슬리/최현
147 베이컨 수상록 베이컨/최혁순
148 동백꽃 김유정
149 하루 24시간 어떻게 살 것인가 A.베넷/이은순
150 평민한문학사 허경진
151 정선아리랑 김병하·김연갑 공편
152 독서요법 황의백 엮음
153 나는 왜 기독교인이 아닌가 B.러셀/이재황
154 조선사 연구(草) 신채호
155 중국의 신화 장기근
156 무병장생 건강법 배기성 엮음
157 조선위인전 신채호
158 정감록비결 편집부 엮음
159 유태인 상술 후지다 덴/진웅기
160 동물농장 조지 오웰/김회진
161 신록 예찬 이양하
162 진도 아리랑 박병훈·김연갑
163 책이 좋아 책하고 사네 윤형두
164 속담에세이 박연구
165 중국의 신화(후편) 장기근
166 중국인의 에로스 장기근
167 귀여운 여인(외) A.체호프/박형규
168 아리스토파네스 희곡선 아리스토파네스/최현
169 세네카 희곡선 테렌티우스/최 현
170 테렌티우스 희곡선 세네카/최 현
171 외투·코 고골리/김영국
172 카르멘 메리메/김진욱
173 방법서설 데카르트/김진욱
174 페이터의 산문 페이터/이성호
175 이해사회학의 카테고리 막스 베버/김진욱
176 러셀의 수상록 러셀/이성규
177 속악유희 최영년/황순구
178 권리를 위한 투쟁 R.예링/심윤종
179 돌과의 문답 이규보/장덕순
180 성황당(외) 정비석
181 양쯔강(외) 펄 벅/김병걸
182 봄의 수상(외) 조지 기싱/이창배
183 아미엘 일기 아미엘/민희식
184 예언자의 집에서 토마스 만/박환덕
185 모자철학 가드너/이창배
186 짝 잃은 거위를 곡하노라 오상순
187 무하선생 방랑기 김상용
188 어느 시인의 고백 릴케/송영택
189 한국의 멋 윤태림
190 자연과 인생 도쿠토미 로카/진웅기
191 태양의 계절 이시하라 신타로/고평국
192 애서광 이야기 구스타브 플로베르/이민정
193 명심보감의 명구 191 이응백
194 아큐정전 루쉰/허세욱
195 촛불 신석정
196 인간제대 추식
197 고향산수 마해송
198 아랑의 정조 박종화
199 지사총 조선작
200 홍동백서 이어령
201 유령의 집 최인호
202 목련초 오정희
203 친구 송영
204 쫓겨난 아담 유치환
205 카마수트라 바스야야나/송미영
206 한 가닥 공상 밀른/공덕룡
207 사랑의 샘가에서 우치무라 간조/최현 206
208 황무지 공원에서 유달영
209 산정무한 정비석
210 조선해학 어수록 장한종
211 조선해학 파수록 부묵자
212 용재총화 성현